人狼ゲーム LOST EDEN

安道やすみち・川上 亮

竹書房文庫

Contents
目次

【人狼ゲーム】とは?

ヨーロッパ発祥の伝統的パーティゲームとその亜種の総称。
日本では「汝は人狼なりや?」という名前でも普及している。

① 村の中には村人に扮した人狼が混ざっている。
② 人狼は夜になると一人ずつ村人を殺す。
③ 昼は全員で相談し、人狼だと思う相手を多数決で一人選び、処刑する。
④ 人狼を全滅させた場合、村人側の勝利。村人側の人数が人狼以下になった場合、人狼側の勝利。
狂人は村人側としてカウントされますが、人狼側が勝利した場合に勝利。

人狼 Werewolf……毎晩、ひとりを選んで襲撃する。
村人 Villager……特別な能力はない。人狼の全滅を目指す。
予言者 Prophet……村人側。毎晩、ひとりを選ぶ。その相手が人狼か否かがわかる。
用心棒 Bouncer……村人側。毎晩、ひとりを選ぶ。その相手が人狼に襲撃された場合、守れる。
霊媒師 Medium……村人側。毎晩、直前に処刑された者が人狼か否かがわかる。
狂人 Madness……特別な能力はない。村人としてカウントされるが、人狼が勝利した場合に勝利となる。

人狼ゲーム
LOST EDEN 上

プロローグ

○§○

秋雨はノイズのような音を立て、県警署内の忙しさに少しの喧騒を添えていた。
けれど、静かな日だ。
どこか音が遠い。
地域安全対策課の狭い部屋に入ったせいでもない。
いつもと違うのは自分なのだろう。
――こういう日は、いつも嫌なことが起こる。
気がかりな案件は一件……いや、複数件と言うべきか?
先日の土曜、日曜あたりから不穏な通報が続いている。
学生が数名、家に帰ってこないというものだ。
行方不明の通報はけっして珍しいものではない。

しかし……今回は雰囲気が違う。

名倉は自分の席の前に立つと、パソコンの電源を入れた。

行方不明者のリストを表示し、受話器を手にする。

かける先は行方不明者届のデータを管理している同じ部の署員だ。

『はい、こちら生活安全部です』

女性職員だ。聞いたことのある声。気の利く人で名前を伊東と言ったのを覚えている。

「もしもし。こちら地域安全対策課の名倉です。少しよろしいですか。週末からの行方不明者届に関してなんですが、なにか動きは……？」

『はい、少々お待ちください……週末からの届け出ですと……』

話を始めてほどなく、照屋が室内へ入ってきた。

二歳年上ながら警察官としては後輩で、部署では一年先輩という、少し複雑な同僚刑事だ。

隣の席に座りパソコンを立ち上げている。

名倉は電話を続けた。

『……そうですね、まだ届け出の取り消しがあったり、補導されたなどの報告はありません』

「なるほど……ということは、まだ戻られてない？」

『はい。なにかそちらでわかったことなどが？』

「……いまのところありませんが、情報が入り次第、必ず報告しますので。届け出のほうのコピーを回していただけますか？」

『先日……土日からの……今朝提出されたもの含め学校関係でよろしいですか？』

「そう、そうです。よろしくお願いいたします」

『わかりました。では手配しておきます。早く、見つかるといいですね……』

「……ええ。それではいったん失礼いたします」

「早いっすね」

電話を切ると、さっそく話しかけてきた。早いとは、出勤時間のことだろう。

「そうですか？」

朝八時を回ったところ。そんなに早くはない。むしろ照屋が遅いのだ。

名倉はパソコンを操作し、あるリストを並べる。

「ちょっといいですか」

照屋は眠いのか億劫そうに立ち、名倉の後ろについた。かすかに酒の臭いがする。昨日は遅くまで家で呑んでいたのだろう。

職務怠慢だとは思わないが、引きずるのはよくない。

少しだけため息をつき、話を続ける。

「……週末の夜から今朝までにかかってきた、行方不明者に関する電話です」

「……ひぃ、ふぅ、みぃ……七件？」

「そのうち四件が、同じ学校の生徒です」

「はぁ」

照屋の少し間の抜けた返事を残念に思いながらも続ける。

「それから、これ。今朝、正式な届け出がありました」

今度は行方不明届が提出されたというリストを表示した。

「まぁ、そういうこともあるっすよ」

あまりに気が抜けている。

ただ、しょうがないなと思う部分もあるので注意はしない。

「念のために電話で確認しました。いずれも、まだ帰宅していないそうです」

「さっきのすか？」

「ええ。合わせて五人です」

しかし、いずれも一般家出人の域を出ない。家が荒らされたわけでもなく、身代金の要求もない。

何らかの事件に巻きこまれている可能性もあるが、確証はない。交番や自ら隊に写真を手配し、気を付けてもらう程度に終わってしまうだろう。

「むしろシンプルっすよ。一緒に飲んでるとか。クスリを決めてるとか」

「真面目な生徒さんみたいですよ」

真面目な子が急にいなくなるのは、本人の意思でない場合が多い。騙されたか、事故か……どちらにしろ放っておけない。

「そりゃ親はそう言うんじゃないっすか？　それか、みんなで旅行に行ってるとか。キャンプとか」

「親に言うでしょう」

「あれですよ。都会でコンサートとか。クラブとか」

「三泊は長すぎませんか」

「向こうで盛りあがったんすよ。みんなでテンション上がって、もう帰りたくねえ！　ってなって。いまごろネカフェとか、現地で知り合った悪ガキのところとか」

「それはそれで問題でしょう」

「ほっときゃ戻りますって」

こうやって照屋が反論を投げかけてくれるのは事件の捜査を嫌がっているようにも思えるが、名倉にとっては手助けだった。

この子たちを探すべきだという確証が増していくからだ。

行方不明者は全国で年間八万人にものぼる。警察が扱う事件としては窃盗に次ぐ数だ。

しかし人員が足りない。そのため捜査の対象になるのは、事件性の高い失踪や、山などに入り命の危険が迫っている『特異家出人』だけ。

その数、約三万人。

自分から行方をくらまし、事件性が低そうな『一般家出人』はチラシなどで対応している。

苦肉の策だ。

ただ、警察はなにもしてくれないという声も大きくなった昨今、市民に安心感を与えるという考えの下、名倉の所属する警察署は『一般家出人』の捜索を担当する部署『地域安全対策課』を新設した。

途方もない数を相手にしなければならない上に、知らないうちに行方不明者が帰っていて、捜査そのものが無駄だったことも少なくない。

いわば閑職。ついたあだ名が『徒労班』。

つまり、歯に衣着せぬ言い方をすれば市民へのアピール部署だ。

つい照屋が気を抜いて深酒するのも無理はない。

それでも、ここへ配属されたこと、ここでの仕事内容に対して、名倉は誇りを持っていた。

「放っておいて戻る前に、私たちで捜し出してコトを大きくしてあげましょう。腕の見せ所ですよ」

照屋は「また始まった」と口をへの字に曲げる。

∀‡A

水滴が水面を叩く音がする。

ささやかなリズム。ささやかな音量。

きっと外は雨だろう。

目を開けて確かめようと思う。

けれど、少し怖かった。

自分がいつ寝たのか思い出せない。

違和感のある体勢も後押ししている。

それでも野々山紘美（ののやまひろみ）はまぶたを開けた。

「……え？」

信じられない光景が広がっている。

カーテンの閉まった窓から忍びこむ明かりは、部屋が広く白いことを教えてくれた。

使われてない会議室のようだ。

その中心に何脚かの黒い椅子が内側に向けて、円形に並べられている。フルーツバスケットでもするかのような配置。

椅子には眠っている人がいた。

自分も、そのひとりだったのだ。

改めてここがどこなのか、慌てて紘美は確かめる。

振り返ると近くにテレビラックと、そこに載せられているブラウン管テレビが一台。

その奥にはバーカウンターのようなものがあった。

「……なにこれ……」

事態が摑（つか）めない。

ドッキリ？　誰が？

拉致？　にしてはテレビ？

夢？　体を触れば感覚がある。

あれこれと状況を連想するが、まるで当てはまらない。

なにか悪い冗談のようだ。

「……紘美……？」

そんなとき、椅子で眠っていたひとりが目覚めたらしい。

少し高めの細い声。白い肌。長くて青みがかった透明感のある髪。間違いなくクラスメイトで友達の浅見ルナだ。制服ではなくワンピースを着ているので一瞬、誰かわからなかった。

「ルナ……おはよう……」

「あ、おはよう……？」

ルナもなにが起こっているのかわからないらしく、気の抜けた挨拶を返してくれた。

きょろきょろと辺りを見回している。

他にも起きた人がいた。

パーカーを着た体躯のいい男子が顔を上げている。

クラスメイトの八重樫仁だ。

視線が合ったけれど、すぐにそらされた。

八重樫は隣の茶髪の男――見間違いでなければカッターシャツにベストを合わせた都築涼――の肩を揺さぶっている。

その隣の子はシャープなショートボブが特徴的な松葉千帆。彼女も縞シャツにワイドパンツといった私服だ。

起きて辺りを見回している。それから首を擦っていた。

「……あれ、これなに？　え、ちょ、え、なにこれダサい！」

自前のチョーカーではないのだろうか？　おしゃれに気を遣う彼女らしいと思ったのだが……

「いてっ……な、なんだ⁉」

隣で都築が同じチョーカーを引っ張って痛がっていた。

都築が千帆とおそろいで？

あのふたりは仲が良いわけではない。

嫌な予感がした。

紘美も自分の首に、そっと手を当てる。

そこには身に着けた覚えのない金属製のチョーカー……犬の首輪？

——いや、首輪サイズの手錠がはめられていた。

思わず生唾を飲みこむ。錠に喉が当たり、少し息苦しくなった。

「なんだよ、ここ！　誰だよ！　誰だよこんなの！　おい、なんなんだよ！」

八重樫が巨体にふさわしい大声で喚き散らしている。

「……森？」

いつの間にか窓際へ行きカーテンを開いたのは……見間違いでなければTシャツ姿の坂(さか)井(い)龍樹(たつき)。

中肉中背、目も鼻も口もこれと言って特徴を挙げるのが難しい。彼もクラスメイトのひとりだ。

その後ろにいる女子も知っている。

ミディアムヘアの毛先をいじる癖がある立花(たちばな)みずきだ。

「……スマホ……スマホ！　……ない！　なんで!?」

髪をつつくのをやめ、ジャージをあちこち叩いては信じられないといった表情を見せていた。なぜか彼女は私服というよりも部屋着のようだ。

恐怖で叫び、その叫びがまた恐怖を掻(か)き立てる。

その渦に自分まで飲みこまれそうだった。

紘美は勇気を振り絞って大声をあげる。

「落ち着いて！　いったん落ち着こう！」

けれど、その恐怖の連鎖を止めたのは人の声でなく、ブラウン管テレビが点灯する音だった。

誰かがリモコンを操作したのか？

ひとりひとりを見るが、誰もかれも同じように「テレビをつけた？」と言いたげな顔をしている。

自然と視線はテレビの方へ向いた。

「人狼ゲームの始まりです……？」

青い画面に映った字幕をルナが読む。

「……なに？」

いまいち状況が摑めない紘美は「ちゃんと説明してほしい」という意味で誰にともなく聞く。

「なにって、人狼ゲームをするってことでしょ……」

低めの声で答えてくれたのはゴスロリ衣装を着た向亜利沙（むかいありさ）だった。一四〇センチ半ばの小柄さも相まって、まるでお人形さんだ。

「人狼ゲームって……あの人狼？　みんなで遊ぶやつ？」

少しずつではあるが、学生の間でアナログゲームが流行りだしている。

将棋やリバーシ、人生ゲームのルールが少し変わったものとでも言おうか。かなり多種多様で、一言では説明しづらい。

人狼ゲームもその内のひとつ。最近ではバラエティやビジネス系などのテレビ番組でも扱われるほど。有名な部類だと言える。

「命がけの人狼ゲームだ。聞いたことある」

茶髪を掻き上げながら、不穏な一言を口にしたのは都築だった。

画面には次の字幕が映る。

今度は毛先をいじりながら立花が読み上げた。

「それぞれカードを取り、自分の正体を確認してください。他人のカードを見てはいけません。自分のカードを見せてはいけません……」

カードと言われポケットを探すが、ない。

そこで自分が制服だということに気づいた。制服を着るのは学校……あと、塾だ。そういえば、塾に行った後の記憶がない……

「カードってこれじゃないかな？」

坂井が報告してくれた。見るとバーカウンターの上に一〇枚……つまり、人数分のカードが等間隔に置いて伏せられている。一枚一枚、持ち主が決まっているらしく、それぞれの名前が書かれた山折りの名札がカードの上に添えられていた。

「そのゲームを、やれってことなんですか……？」

ルナが折れそうなほど細い声で呟（つぶや）いた。

不安になる気持ちはわかる。紘美は思わず都築を睨（にら）んだ。

「……命がけって、なに？」

答えたのはゴスロリ服の着崩れを直していた亜利沙だった。

「命がけは命がけ。負けたら殺されるの。プレイヤーは借金を負った人だったり、志願者だったり、拉致されてきたり……ほら」

亜利沙はテレビ画面を指さした。

立花がまた読み始める。

「……構成。

人狼側、人狼ふたり。

村人側、予言者ひとり、霊媒師ひとり、用心棒ひとり、村人四人。

その他は、狂人ひとり。

毎晩ここへ集まり、夜八時までに任意の相手に投票してください。

最多票を集めた者が処刑されます」

物騒な言葉が出てきたことで紘美の怒りが沸き出した。

「処刑されますって、そんなの、犯罪じゃん⁉」

打って変わって冷静な亜利沙。

「うん。犯罪」

その冷静さが怖い。

自分だけがおかしいのか？

自分だけが怯(おび)えているのか？

「みんな拉致されたってこと？　こんなに⁉」

「犯罪のオンパレードってことでしょ。財布も、スマホも、なんもないしねぇ。拉致、誘拐、窃盗……それに殺人ってか？」

都築の言葉は軽すぎて、逆に怒っているのがバカバカしくなってきた。

「……都築も亜利沙も、どこでこんなの？」

「ネットよ」

「僕もネットだ」

あまりにあまりな答え。紘美はうろたえる。

「ネットって……そんな犯罪がネットで広まってるのに警察が放置するわけないんじゃ」

「そんなの、あたしが知るわけないわ」

一応、紘美は別の人にも視線を送る。

「ほかの人は？」

坂井と顔を見合わせたのは、小柄な体格にアーガイル模様のシャツを着た宇田川素直だ。

ふたりも手を挙げる。

千帆と、その隣にいるツーブロックの髪型をした男子――薄手のジャケットを羽織った東克彦のふたりも、ためらいがちに挙手している。

意外に〝命がけの人狼〟を知っている人が多く、紘美は唖然とした。

「ねえ、画面。見たほうがいいと思う。続き出てる」

ルナが細い声で教えてくれた。

もし本当に命がかかっているなら、現状をしっかりと把握せねばならない。

いや、本当に命がかかっているのか？

その都市伝説を利用したドッキリなのではないのか？

「該当者が複数いた場合、それ以外の者による決選投票を行ってください。

それでも票が割れた場合、その夜は処刑が行われません。

……夜十時から朝六時までは自分の部屋にいてください。

ただし人狼は深夜〇時から二時までの間に誰かひとりの部屋を訪れ、相手を殺害してください」

立花は淡々と読み上げる。

「つまり……遊びの人狼ゲームを、リアルでやれって？　やらなかったら？」

紘美の疑問に答えてくれたのは、またもや亜利沙だ。

「殺される。……っていう噂」

立花はさらに続きを読み上げた。

「人狼を全滅させた場合、村人側の勝利。

村人側の人数が人狼以下になった場合、人狼側の勝利。

勝利した側には合計……一億円が支払われます」

思わぬ大金の提示にか、都築はニヤリと笑った。

「一億？　マジで？」

「ちょっと大きいね」

千帆も笑っている。

命がかかっているというのに？

「でも合計ですよ？　五人で分けたらひとり二千万。少人数で勝たないと、割に合いませんよ」

宇田川が不満そうに言った。

その口ぶりは「ちゃんと殺して分け前を多くしましょう」といったニュアンスにしか捉えられない。

異常だ。

正気の沙汰ではない。

なにもかもがおかしい。

「なにやる気になってんの⁉」

なぜ、誰も同じように怒っていないのか？

なにかが――絶対になにかが、間違っている。

「ゲーム中は建物から出られません。

建物、備品、他人を傷つけてはいけません。

ルールに違反した場合は命を失います……」

異常さに当てられたのか、立花が読み上げるだけの機械に思えてきた。

「命を、失う……」

「い、いや、やっぱだめだ……俺はやんねぇぞ！　帰らせろよ！」

そんな中で紘美と同じように恐怖を感じてくれていたのは八重樫だった。

大丈夫だ。仲間がいる。

自分の感情は正しい。

「あれが見てる。もう無理よ……」

亜利沙の浮かべた笑いは、あきらめからだろうか？　どことなく自虐的にも見えた。

彼女の視線の先には監視カメラがある。コウモリのように見えて、少し驚いた。

「ね、ねぇ。これ、誰が、何のためにやってんの？」

やっと感情が戻ってきたのか、立花も怖がり始めていた。目にうっすら涙を湛えている。

ため息をついて答えたのは克彦だった。

「違法なギャンブルの対象だってさ。オレが聞いたかぎりじゃな」

そのギャンブルのために拉致を行う？

バカげているにもほどがある。

「あの――ルール、まだ続いてるよ……」

ルナが画面を指さす。しゃくり始めた立花を置いて今度は都築が読み始めた。

「予言者は毎晩、ひとりを選び、その人物が人狼かどうかを知ることができます……まあ、普通の人狼と同じだね」

「……人狼ゲーム自体は？　やったことある人は？」

紘美が言うと亜利沙、千帆、克彦、八重樫、都築が手を挙げた。

拉致犯の言う通りにするのもシャクだが、ゲーム自体を進めなければ、みんな死んでしまう。

経験者がいるなら確かめておきたい。

紘美も去年、他のクラスメイトとやったことがあるのを思い出し、遅れて手を挙げた。

「みずきも。放課後に一緒にやったじゃない」

亜利沙が立花もやったことがあると言い出す。

立花は「いつ？　そうだっけ？」と言いたげに首を傾げていた。

「去年。このクラスになる前に」

「大勢で残ってたとき……？　文化祭の準備かなんかで」

「それ」

あれか、と言いたげな表情をしたとき、都築が口を挟む。

「お、ルールの続きだね。

霊媒師は毎晩、直前に処刑された人物が人狼だったかどうかを知ることができます。

用心棒は毎晩、ひとりを人狼の襲撃から守れます。ただし、自分を守ることはできません」

立花が眉を寄せる。

「用心棒なんか知らないんだけど……」

それには亜利沙が答えた。

「騎士とか狩人とか護衛とか。呼び方いろいろだけど、とにかく守れる役職ね。覚えてないかしら？」

「そんなのあったっけ……あのとき、なんかよくわかんないままやってたから」

やったことがある、に数えなくてよい気がしてきた。

逆に亜利沙が人狼に詳しいことがわかる。

都築はさらに続きを読んだ。

「狂人は村人側としてカウントされますが、人狼側が勝利した場合に勝利します……か。

狂人引きたいよね」

ヘラヘラと笑う都築。

やはり都築はどこかおかしい。
このゲームを楽しもうとする神経が理解できない。
また血の沸騰する感覚がした。
「マジで言ってんの？　殺せとか殺されるとか。誘拐だよ。拉致なんだよ？」
「でも、じたばたしてもしょうがないしねぇ」
都築の態度は変わらない。
ますますイライラする。
「しなよ！　しようよ！」
なぜ、やすやすと拉致犯の言う通りにできるのか。
悪いのは拉致犯だ。
この中の誰かが死ぬなんておかしいに決まっている！
ヘラヘラした都築を一発ぶん殴ってやりたい。
そんなとき、ふとルナの「終わった……」という小さな声で我を取り戻す。
見ればテレビ画面が消えていた。
ブラウン管特有の甲高い音がなくなる。
同時に束縛から解放されたような気になった。

どうしたらいいのだろう？
戸惑う。それは紘美だけではなかったようだ。
全員がお互いに顔を見合わせ、様子を窺う。
そのうち、亜利沙がカウンターへ向かい、カードを手にした。
「取らないの？」
亜利沙の問いかけに紘美ははっきりとした答えが出せない。
カードを手にすれば、拉致犯の言うがままになってしまう。
しかし、カードを手にしなければ、そのまま死んでしまう可能性もある。
取るべきだ。
死んでしまっては元も子もない。
けれど、ためらわれる。
「だって、こんなの……」
そもそもが間違っているのに。
なぜ拉致犯たちを喜ばせるために、命を賭けたゲームをしなければならないのか？
そんな思いを他所に人が動く。
亜利沙に続いたのは千帆だ。

長い指先でカードを取った。

「……まぁ、興味はあるかな」

それに続いて克彦が無言で取る。

都築が、宇田川が、坂井が、立花が、八重樫が……そして、ルナが。

残るは紘美ひとりになってしまった。

全員の視線が紘美に向けられる。

まるで責められているみたいだ。

なぜ、お前は取らないのかと……

生唾を飲みこむ。

首輪が息苦しさを感じさせる。

死にたくは、ない……

悔しいけれど、命があってこそ拉致犯に逆らえる。

紘美はゆっくり進み、カードに手を添えた。

ご丁寧に『野々山紘美　様』と書かれたネームプレートがカードの上に置いてある。どこまでもふざけている。

怒りの感情に任せて、カードを投げ捨ててやりたかった。

しかし、誰かにカードを見られればルール違反で殺されるかもしれない。
悔しさと、自分の臆病さを噛みしめながら、紘美はカードの表をひとりで確かめた。
人間のシルエットと共に『村人』の二文字。
特に能力もない平凡な役割。他三人、誰かがこれと同じカードを持っている。
ひとりは予言者。
ひとりは霊媒師。
ひとりは用心棒。
ひとりは狂人。
それぞれ誰かはわからない。
そして残るふたりは人狼なのだ。
拉致犯の前に、そのふたりが自分たちを殺しに来る……
その前にどうにかして人狼を見つけ出し……
……違う！
そうではない。
なんとか人狼たちとも協力し、生き残る方法を考えなければ。
怖い。

自然と自分もゲームに参加しようとしていた。

紘美は頭を振り、目を閉じて深呼吸する。

「……あのさ。これはこれとして、まずは調べてみない？　この場所」

憎むべきは、恐れるべきは拉致犯だ。クラスメイトではない。

ひょっとすれば脱出できる可能性だって、乗り気なみんなを説得してゲームを止めさせられる可能性だってある。

今はひとまず、怒るよりも冷静になれ。

〈野々山紘美〉　〈浅見ルナ〉　〈立花みずき〉
〈松葉千帆〉　〈向亜利沙〉
〈八重樫仁〉　〈都築涼〉　〈坂井龍樹〉
〈宇田川素直〉　〈東克彦〉

一〇人の命は、まだ失われていないのだから。

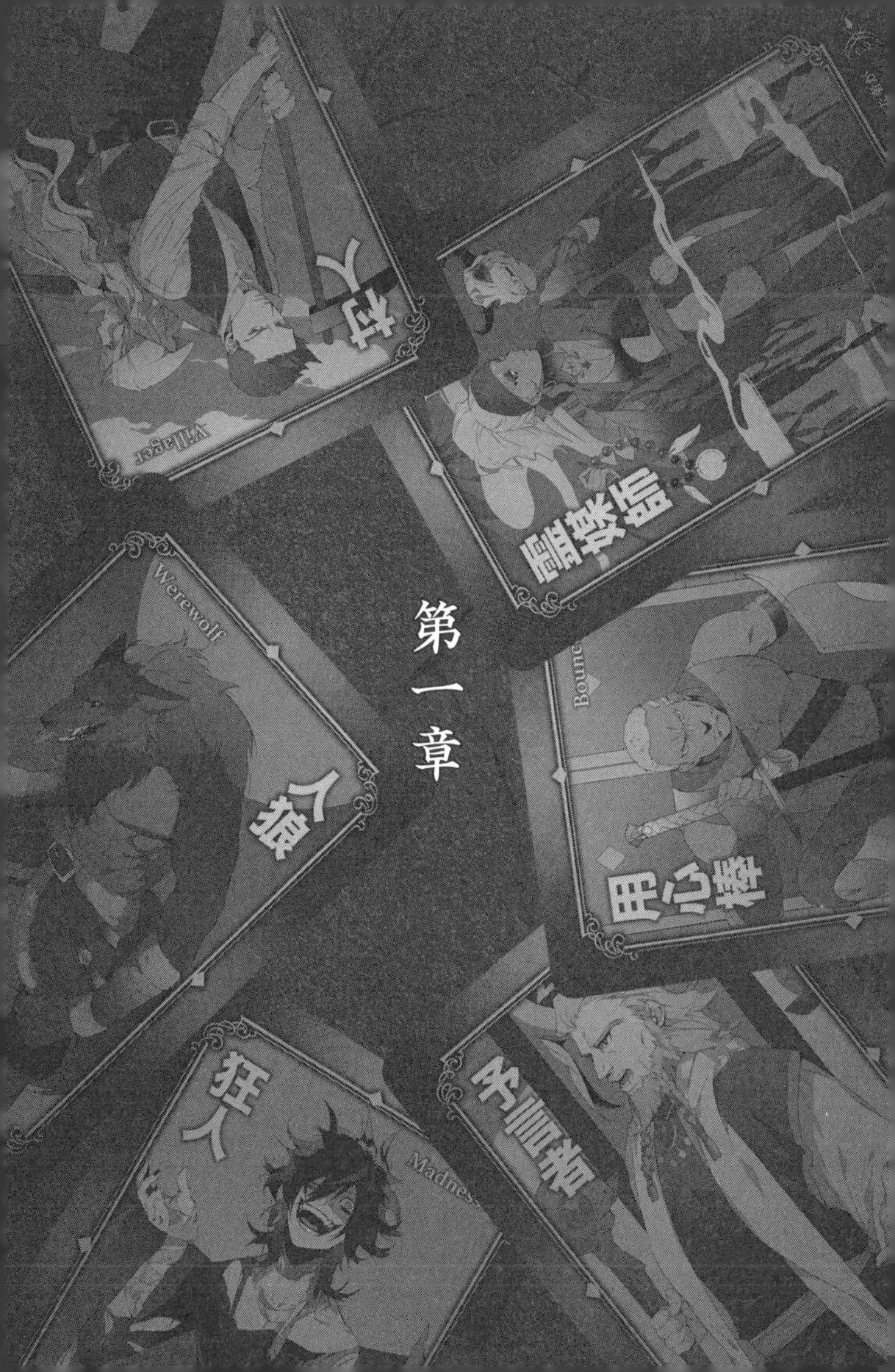

第一章

○§○

朝方に降っていた雨もやみ、路面は太陽の光を反射し始めた。

名倉と照屋は捜査車両のセダンに乗り込み、県内のある高校を目指している。アポイントメントは取得済みだ。

本来なら行方不明者の家を真っ先に当たるものだ。

しかし、今回は『同じクラスの生徒が同時に複数名』なっている。

そこで名倉は家の人よりもクラスメイトの方が事情を知っているのではないかと踏んだのだ。

「まあ、そうすね。学校に行ってる今ならまとめて、いっぺんに話せますし」

とは照屋の談。怠惰な発言のようにも聞こえるが、警察にとって効率は大切だ。犯人逮捕のために、どんな行動であれ迅速でなければならない。

市内にある、その高等学校は公立で、特に目立った噂もない。成績的にも中より上くらい。よくある進学学校だ。

生垣に囲まれた敷地内は広く、グラウンドがふたつある。ひとつは野球用で、もうひとつは陸上、サッカーなどにあてがわれているらしい。

申し訳程度に設置された校門も鉄柵が閉まることはない。

不用心といえば不用心だが、学校に何者かが侵入するような事件が起こらないため、用心することの方がバカらしいのだ。

名倉の育った地方でもそうだった。

田舎ならではの光景と言える。

名倉たちは来客用の駐車場へ車を止めると、学校の事務局へ向かった。

応接室に通される。しばらくするとクラスの担任と教頭が遅れてやってきた。

青いジャージ姿の担任が頭を掻きながら一礼をした。

「いやぁ、助かりました。ちょうど通報したほうがいいかどうか、迷ってたところでして」

隣には綺麗な銀髪になった初老の教頭。真顔だ。

「騒ぐほどのことではない、とは思ったんですけどね。万が一ということもありますし。事故とか事件とか」

しっかりと生徒を心配している。良い教育者だなと、名倉は密かに思った。

「あ、で、実際、どんな感じでしょう？　どこで見つかったとか。なにをやらかしたとか……」

若い担任の方は、やはり生徒が悪い……と思っているようだった。たぶん、生徒の過失で自分が怒られることを気に病んでいるのだろう。

それも仕方がないことだ。

人はストレスを避けようと、自然に工夫するものだから。先生個人が悪いわけではない。

とりあえず、自分たちが持っている情報と、相手が持っている情報が一致しているのかを確かめたい。

名倉は手帳を取り出し、メモを頼りに話を進める。

「今おっしゃっているのは、東克彦くん、都築涼くん、八重樫仁くん、松葉千帆さん、向亜利沙さんの件ですよね」

「ええ、あとは宇田川、坂井、水谷、浅見、立花、それから野々山ですね。来てないのは」

「え、なに？　ちょっと待った。だれって？」

いきなり名前が増えたことに照屋が狼狽えた。

名倉も面食らっている。

「男子は宇田川と坂井、水谷。女子は浅見、立花、野々山です。そちらの方がおっしゃった以外は」

　どういうことだろうか？

　慌てる頭を落ち着けて、人数を確認する。

「……十一人。来てないのは、十一人なんですか？」

　担任は顔が一段と青くなった気がした。

「ええ。こんなことはまずないので、クラスのほかの連中に連絡させたんです。電話とかメールとか。そしたら、誰も出ないっていうんで、ご家族に連絡したんですよ。たった今です。そしたら、一昨日から帰ってない、という話で」

　それは教頭も聞いていなかったらしく驚いている。

「前代未聞だね……さすがに十一人同時に無断欠席、というのは」

　担任が力なく頷（うなず）いた。

　逆だ。

　自分の保身のために生徒が悪い……としたいのではなく、そのくらいであってくれという願望なのだ。

「ボクも食中毒の類いかな、とも思ったんですが。それなら連絡がつきそうなもんですし」

名倉も、ここでいきなり失踪者が増えるとは思っていなかった。

思わず大きなため息をついた。

「なにか共通点はありますか？　その十一人に」

担任も続いて大きく息をはいた。

「さあ……まじめな生徒もいれば、それほどでもない生徒もいますし」

「ただ、みんな同じクラスなんすね？」

照屋の一言に担任は「はぁ……」と申し訳なさそうに頷いた。

悪ふざけであって欲しい。

そんな心の声が聞こえてきそうだった。

名倉は見くびっていたことを、心の中で密かに謝りながら質問を続けた。

「なにか変わった様子とかありませんでしたか？　先週の金曜ですが」

「それをですね、私もさっき訊いてきたんですよ。ほかの生徒たちに。なにか気づいた者はいないか、知ってる者はいないか。心当たりのある者は来るように、って」

「……わかりました。なにか話はあがりましたか？」

担任は力なく首を横に振る。

「いいえ、まだなにも。ただ、ちょうど今から視聴覚室で個人面談的にやろうかなと……」

感情移入をする、優しい先生なのだろう。

そうなると、心労が気がかりだ。

「それを私たちに任せていただけないでしょうか？」

その方が先生の助けになるだろう。それに……

「でも、生徒が不安がりませんかね、その、いきなり警察の方というのは……」

「もし本当に事故や事件でしたら、一分一秒がものをいいます。生徒さんがたが不安にならないよう、私たちも務めますので」

名倉の言葉は脅しでも、先生に対する気遣いでもない。

ただの事実だ。

担任と教頭は目を合わせる。

教頭の方が強く頷き、担任は合わせるように弱々しく頷いた。

∀‡A

森の中にあると思われる施設の中は、意外に綺麗だった。

リノリウム張りの廊下には埃がなく、妙な匂いもしない。

以前にも殺人ゲームが行われていたなら、血の跡や臭い、もしくは、それらを掃除した後の痕跡くらい残っていそうなものだが……

ただ、建物自体は少し古い感じがする。三、四〇年経過していると言われても不思議ではない。

その割にあちらこちらに新し目の監視カメラが仕込まれていた。

すべての生活を見張る。そんな圧力を感じる。

ずいぶん手の込んだことをする拉致犯だ。

財力があり、拉致する危険性を冒してまでゲームを用意する。

それは拉致犯が大きな組織だという証拠ではないか？

誰かが『違法なギャンブルの対象』だと言っていた。

そのギャンブルを仕掛ける胴元が諸悪の根源なのだろう。いや、そのギャンブルにのめりこむ鬼畜な人間の方が悪質かもしれない。

どちらにしても、警察に突き出して罪を償（つぐな）わせなければ気が済まない。

「ねぇ、紘美……これ、私の……」

隣にいたルナが紘美の袖を引っ張った。

視線の先には鉄製のドア。『浅見ルナ』と書かれたネームプレートが掛けられている。

「一緒に見る？」

「うん……」

ドアをゆっくり開く。重たい音もなく、あっさりしたものだ。

中は六畳間ほどの広さがあった。左手奥にベッド。右手奥に机、椅子がある。

机の上には小型のテレビと、そのリモコンだ。

手前の右手壁際にはクローゼットもあった。

中には着替えやタオル、歯ブラシなどしつらえてある。

まるでホテルだ。

「こんなのまで……どこまでおちょくって……最悪」

独りごちる紘美を置いて、ルナは奥の窓へ向かう。

窓は人が簡単に出られる大きさだった。

ひょっとしてと思い、紘美は窓に手をかける。

簡単に開いた。

「……開くんだ」

固定されていて、動かないと思った。

会議室で見た景色と同じで、外は森に囲まれている。

しかし、ここは二階。もしかすると別のものが見えるかもしれない。

紘美は窓から身を乗り出した。

「紘美っ」

ルナが少しだけ大きな声を上げ、紘美の制服を引っ張った。

「わっ、えっ⁉」

尻もちをつく。

普段、こんな力任せのことをルナはしない。

思わずルナの目を見上げた。

「建物、建物から出てはいけないって……」

この人狼ゲームのルールのひとつ。

「あ、そっか……あっぶな……」

乗り出しただけで殺されたりしたら、それこそ無駄死にだ。

天井を見ると、ここにも監視カメラがあった。ご丁寧なことだ。

女の子の部屋の中まで監視とは趣味が悪い。

「ごめん、ありがと……」

お礼を言い立ち上がる。

服を払いながら、紘美は首輪を触った。

「カメラとか、首輪とかさ、どう思う？」

ルナも同じように首輪に触れた。不安そうに監視カメラを見上げる。

「わかんない……でも、本当に誘拐されたみたいだから、処刑とか、殺したりとかも、本当かもしれない……」

実際に誰かが死んだらわかるが、それでは遅い。

最初の犠牲者は自分の可能性だってあるのだし。

「……やばいね」

なにもかもが後手だ。

そして『本当』がわからないまま、殺人ゲームは徐々に進行していく。

気のせいだと知っているが、首輪が少しずつ絞まっているようだった。

「ねぇ、紘美、そろそろ他の人と合流しない……？」

「そうだね……みんなもなんか見つけてるかも」

合流場所は屋上と決めてある。屋外だが建物内と判別されているのか、出ても平気だった。なにも考えず最初に出た八重樫は、他の人に言われて初めて顔を青くしていたが。

ともかく、ふたりは部屋を出る。

続く亜利沙、紘美、立花、千帆の部屋を通り過ぎると、手洗い場があり、さらにその先には男子の部屋が並んでいた。

宇田川、都築、克彦、坂井、八重樫の順だ。

それも通り越し、廊下の突き当りまで行くと細い階段がある。

そこを上ると屋上だ。

立花、亜利沙、坂井、宇田川が周りの様子を見ている。

「……なんかあった？」

紘美が聞くと宇田川が答えてくれた。

「田舎ですね。あっち、道や建物は見えますが、いまのところ誰も通りかかってません」

それに対して不満げな表情で付け加える亜利沙。

「そりゃそうよ。人目のあるところで、こんなの、するわけないわ」

ごもっともだ。むしろ道や建物が見えることに驚いた。

立花は屋上にある監視カメラに気づいたらしく「ほら、ここにも」と教えてくれた。出入口にひとつ、屋上の角にひとつ、その対角線の角にひとつ。

紘美はとりあえず監視カメラの死角を考えてみる。たぶん、幅広く見えるレンズ——確か、広角レンズだったか？――を使っているので丸見えだろうが、気にしないよりはマシだ。

　とりあえず出入口のカメラに背を向け、角の監視カメラ横に行くと大きく息を吸った。

「誰かーーー！　誰か、たーーすーーけーーてぇーーー！」

　空しく声は曇天に吸いこまれた。

　振り向くと宇田川が不機嫌そうな顔をしている。

「聞いてました？　僕が言ってたこと。誰もいないんですって」

　大声を出すのも今更なのだろう。

　けれど、なにかしたくてしょうがないのだ。

　口をつぐみ、じっとしているなんて耐えられない。

「……じゃあさ、下からなんか取ってきて並べようよ。ＳＯＳの形に。ほら、無人島で遭難した人みたいに。飛行機から見つけてもらえるかも」

　その場の全員が顔を見合わせるなか、立花だけが髪をいじりながら賛成してくれた。

「いいけど……」

　やはり嫌な顔をするのは宇田川だ。

「そんな低空、飛びますかね？　こんな山間で？」

「飛ぶかもしれないじゃん！」

可能性はある。

「いいよ。やろ？」

ルナも賛成してくれた。

結局、建物中をみんなで手分けしてガラクタを集めることになった。

坂井、宇田川、千帆の三人は屋上で待っている。人や飛行機が通ったときに見つけてもらうための番だ。

「まずは、どこ行く？　なんか、あんまり物がなかったけど？」

都築が先頭を歩きながら聞いてきた。

確かにアチコチ探したが、物が溢（あふ）れているような場所はなかった。

ヒントをくれたのは八重樫だ。

「俺、腹減ったな……」

こんなときに呑気（のんき）だ。同時、やはり体格が良いとエネルギーの消費も激しいのだろうかと考える。

だが、重要なことだと紘美は気づいた。

ルールを思い出す。

処刑は夜八時、一日一回。

もし、普通にゲームが進むとすれば、夜の襲撃もあって一日にふたりずつ、殺される……

もし人狼をひとり見つけ出して処刑した上で人狼が勝つ場合は四日だ。

人狼が勝つ場合は、人狼含め四人になったとき。このときは三日。

人狼は処刑でしか殺せない。この場合、最低二日かかる。

用心棒が村人を守れば守るほど長くなる……

食糧がなければ、ゲームの前に飢えで苦しむ破目になるだろう。

「食糧。食糧も探そう。なにかあるならゴミでＳＯＳも作れるはず」

「厨房や食堂はあったわ。食べものもあったわよ」

答えてくれたのは亜利沙だった。

「じゃあ、厨房に行ってみようか」

都築はヘラヘラ笑いながら、歩き出した。

厨房は一階の奥、食堂の先にあった。

食堂も厨房もわりと広い。備え付けの冷蔵庫も業務用らしく、かなり容量の大きなものだ。

八重樫が真っ先に冷蔵庫を開けていた。

「おっ、これめっちゃうまそう」

中から市販されているシュークリームを出してきた。

隣では都築が段ボールに入っていたカップ麺を取り出している。

「少なくとも、飢えることはなさそうだねぇ」

正直に言えば、一安心だった。

けれど、感謝などしない。してたまるか。

「嬉しくないよ。監禁だよ？」

そんな紘美の一言にも都築は鼻で笑う。

一体、どういう神経をしているのだろう？

拉致誘拐されたことが嬉しいのだろうか？

一方でルナと立花は真剣に心配しているようで、ライフラインを念入りに調べていた。

「水は、出るみたい。電気も通ってるし……でも、ガスは来てないね……」

か細い声で報告してくれるルナ。

八重樫はシュークリームを頬張りながら「火事とか洒落になんねぇもんな」と言った。

そうだ。火事、煙、狼煙だ……！

と紘美は気づいたが、それをさせないためにガスが来てないのだろう。

「まぁね。それに火事なんか起こしたら、建物を傷つけたことになっちゃうから、ルール違反で殺されるでしょ」

都築の言うことも一理ある。

妙案だと思ったが、ダメそうだ。

「おっかね……」

八重樫は首輪を擦りながら苦笑いした。

「やっぱり、包丁とか、缶切りとかの類もないわね……」

亜利沙は流し台の下の棚を探している。

「そんな物騒なもん見つけてどうすんだよ」

克彦がツッコムと亜利沙は真顔で「処刑方法ってなんだと思う?」と言った。

誰もが言葉に詰まる中、亜利沙は続ける。

「凶器がないなら、それに越したことはないと思わない?」

確かに。

もし、言葉が『そのままの意味』だったなら『処刑』のときは誰かが手を下さなければならない。

凶器が用意されてないのなら……自分たちで『処刑』するようなことはないだろう。

ただ、それは『別の処刑方法が用意してある』ということの裏返し。

どちらにしろ、この鉄製の首輪に嫌なイメージが付きまとって離れない。

「あのさ、そろそろ出て次を探さない？　食糧があるのもわかったんだし」

紘美はわざと話題を変えた。

それに対して都築が鋭い視線を向ける。

「ねぇ、野々山さ」

「……なに？」

「なんか、やたらとツンケンしてるけどさ。逆に怪しくない？　人狼を引いたけど、それを誤魔化そうとしてるとか」

「はぁ？」

唐突な話題に素っ頓狂な声が出てしまった。

自然に振る舞っていることを、ゲームに結び付けられ、苛立ちを覚える。

「わたしはゲームなんかやりたくないの。ここから出る方法を探してんの！　っていうか、なんでやる気になってんの？」

「しょうがないっしょ。こんなのされてんだからさ」

都築は首輪をトントンと中指で叩いて見せる。
思わず紘美も指をかけた。
それにつられてか、八重樫も改めて首輪を触っていた。
首の後ろ側に手を伸ばしたとき、八重樫が眉を寄せた。
「……これ、ひょっとしてモーターか？　もしかして、首が絞まるのか……？」
息を飲む。また少し、首輪が絞まった気がした。
違う。ただの思い込みだ。
「だから、これを切断する道具とか、探そうよ」
声を絞り出す。
「それって凶器になるわよ？」
亜利沙がふっと笑った。
隣でルナは心細げな面持ちをする。
「切断するものが見つかっても、備品を傷つけてもいけませんってルールがありますし
……これも、備品かもしれないし……」
ありえる話だ。
下手なことをすれば、それだけで死ぬ可能性がある。

抜け穴を探すにしても、誰かが犠牲になってしまう気がした。

でも、だからといって、ゲームを進めるべきなのか？

この理不尽さを飲みこめというのか？

みんな、脱出しようという気はないのか？

首に掛かった鉄の輪は、それ以上の言葉を紘美に喋(しゃべ)らせなかった。

○§○

「では、送った写真でお願いいたします」

『自動車警ら隊、各交番所に回し、見つけ次第、連絡をそちらに入れるという形ですね』

「はい。そのように。お手数をおかけします」

『承りました。では、捜査の方、がんばってください』

「ありがとうございます。では、失礼します」

名倉は階段の踊り場で通話を終えると、視聴覚室に向かった。

授業中の学校は静謐(せいひつ)だと言える。

今までそんなふうに思ったことはなかったが、年を取り、安全というものに目を向けるようになったからこそ感じるのだろう。

休み時間の喧騒(けんそう)さえ懐かしい。

――学校はあまり好きではなかったですが……少しは戻ってみたいと思うものですね。

懐かしむ自分がおかしかった。

そして少しだけ昔を思い出す。

中学生の頃のこと。帰らなかった人のこと……

もし、過去に戻れるなら、いろんな後悔を消せるのだろうか?

ひとつも後悔がない人生は、きっと幸せだろう。

ただ、新しい後悔が生まれないと、誰が保証してくれるだろう?

実現しない話を考える自分が空しかった。

とにかく今は目の前のこと……事案を解決しなければ。

気持ちを引き締め、視聴覚室に入ろうとした。

手をかける前にドアが勝手に開く。

中から男子生徒が出てきた。

視線が合うと、軽くお辞儀をして去っていく。

事情聴取を受けていた子だろう。

階段状になった部屋の一番下。教卓には照屋がいた。

「生徒たちの写真、手配しておきました」

「あざっす」

視聴覚室は空調が効いており、残暑の厳しさを和らげてくれている。

風を受けるためにも立ったままで照屋の傍に寄った。

「いちおう地域部にも流して、注意するように促しておきました」

「事件性があるとは限らないっすよ？」

「十一人も消えてますから。どちらにしても、早く見つけたほうがいいでしょう」

「まぁ、そすね」

「生徒からは？」

「いまんとこ、大した話はないっす」

大した話がないというのは、吉兆なのか、凶兆なのか……

思案を巡らせているとノックの音が聞こえる。

おずおずと入ってきたのは次の男子生徒だった。

不思議なのは、態度の割りに決して内向的な顔をしていないことだ。

名倉は昔、犯人と交渉することがある現場にいた手前、顔つきである程度の性格を見分ける癖があった。

見かけに寄らないこともあるが、八割程度は当たる。

ちなみに、海外ではすでにＡＩが顔認識し、その人の思考的傾向を読み当てるシステムが構築されつつあるらしい。

自分が読み取られるのは勘弁だが、刑事としては便利なシステムだ。

ともかく、男子生徒の顔は表情筋が硬くない。

つまり普段は表情豊かなのだ。

それに体格も、姿勢も悪くない。運動をしっかりする子なのだろう。

なにか知っている予感がした。

とにかく、今は照屋の出番だ。名倉は席に着かず、少し後ろで見守る。

「ええっと、辻遊馬(つじゆうま)くん？」

「はい」

照屋が手元のリストを見ながら名前を呼ぶと、短く端的に答えた。

「聞いてると思うけど、君のクラスメイトのうち十一人が、土曜日から家に帰ってないんだ。何人かは金曜から。それについて、なにか心当たりないかな？　旅行する予定だ、とか、誰かと会う予定だ、とか。そういう話、今日、学校に来てない子から、なんか聞いてない？」

「そういうのは、聞いてないです」

「いつもと変わった様子とか」

　視線を右上……彼からすれば左上に動かした。イメージで過去のことを思い出そうとしている仕草だ。

　人の考えていることは、視線の動きで少しばかり予測できる。記憶の呼び覚まし方は人それぞれ。視線もあちこちするものだが、最初の挙動は嘘がない。それなりに役立つのだ。

　ただ、彼はなにも思い出せなかったようで、首を振るだけだった。

　それでも名倉としては収穫があったも同然だ。

　この子はしっかり『思い出そう』とした。

　つまり協力的である。

「面子自体はどう？　一緒に出かけたりしそうな感じ？　共通点とか」

　続く質問に辻という少年は俯いてしまう。まばたきが多い。不安を抱いているようだ。

　読みとしては『他人に喋りにくいことを喋ろうとしている』あたり。

「なんか知ってるの？　なんでもいいんだけど。ひょっとしたら、そこからなにかが繋がるかもしれないし、できれば教えて欲しいんだけど……」

照屋が少し相手を急かす言動をした。これでは言葉が足りない。

名倉は照屋のためによくないと思いつつも口を挟む。

「遊馬くんのペースでいいですからね。なにか知っているなら、今でなくても、後でも構いません。自分が話せると思ったときにお願いします」

案の定、照屋は「え、それでいいんすか？」と言いたげな表情を送ってきたが、反対はしなかった。

照屋は名倉の交渉を信頼しているためだ。

人は、他人に急かされてやる気を出すタイプと、自分のペースを許されてやる気を出すタイプがいる。

相手の信頼、話す気を引き出すなら、両方の言葉を使った方がいい。

実際、名倉の言葉に効果があったのか、辻は決然と顔を上げた。

「ちょっとだけ、気になることがあります」

「気になることですか？」

「関係ないかもしれないんですけど……ちょっと前に、イジメみたいなのがあって。連絡が取れなくなってる奴らは、だいたいは、それに関係があります」

「イジメ？」

照屋がオウム返しすると、辻は自信なげな表情になる。

「って言うほどのものじゃないかもですけど……ちょっと揉めて」

さらに聞きたい。

彼が喋りやすいように、名倉は話題を繋げる。

「それに、今回いなくなった十一人が関係してるということですか？」

「全員じゃないですけど。ほとんどは」

「詳しく聞いてもいいですか？」

辻は視線を落としたが、小さく頷き、顔を上げた。

「はい……うちのクラスに水谷って奴がいるんですけど……っていうか、そいつも今日来てないんですけど、浅見に惚れてたらしいんですよ」

名倉はリストを確かめる。色白の肌に長い黒髪が映える子だった。

「今日、欠席している浅見ルナさん？」

「そいつです。いかにもオタクが好きそうな清純派？　っていう感じの」

「……その水谷くんは、オタクというか、地味な感じだったわけですか？」

「まぁ、あのメッセージのせいで、そういうイメージになって」

「メッセージですか？」

「それが最初なんですよ。あいつがSNSで告白したんですけど、それがわりと痛い長文で。それをクラスの調子乗った奴らが友達に回したんです」

「その、調子に乗った人たちと言うのは？」

「あとでわかったんですけど、越智(おち)が水谷のスマホのパスワード、盗み見してたらしいんですよね。だから、机ん中に置いてあったスマホを勝手に見たらしくって……」

辻は自分のスマホを取り出すと手早く操作して名倉に渡した。

どうやら、メッセージのスクリーンショットらしい。

大まかな内容は『小学校のときから十年間、君のことが好きだった』を中心に思い出がつらつらと書かれている。

最初は微笑ましい感じだが、変だなと感じるのは途中から。

いや、内容自体は青春まっさかり、かわいいものだが……量が半端ではない。

純粋な情熱がゆえなのだろうが、長文すぎる。ただ、想いの強さをどう表現していいのかなど、若い頃はわからないものだ。仕方ない。

しかし、少々のやりすぎ感はあるものの、問題があるような気はしなかった。

「これが、イジメですか？」

確かに告白のメッセージを流出されるのは嫌だろう。

学生時代、名倉にも好きな相手はいた。

それを周りの友達が知っていると考えただけで恥ずかしい。

だが、死にたいとまで考えるだろうか……

実際は少し話題になってお終いの話だ。死ぬようなこともない。

ただ、それは自分の場合である。

水谷本人がどう考えるかはわからない。

「いや、それだけならまだよかったんですけど。一緒にスマホ見てた東が、そのあとで松葉に送って。それで、クラス外にも一気に広まって……」

名倉はもう一度、リストを確認する。

「東と松葉というのは、行方がわからない東克彦くんと松葉千帆さんですか？」

「そいつらです。俺のとこには松葉から送られてきました。東からキモ面白いもんきたよーって……」

名倉はお礼を言いながらスマホを辻へ返した。

「それが広まった次の日に野々山って奴が、怒りだしたんですよね」

「野々山……紘美さん？」

「はい。けっこう正義感強いタイプで。それに、浅見と仲良かったし。誰が最初にスクショを撮ったか、誰が転送しまくったか、みたいなのを全部特定したんすよ。自力で」

「そいつは有望株」

照屋が冗談めかして呟いた。

「それで最初は坂井と宇田川が目を付けられて……しばらく険悪な雰囲気でした」

坂井龍樹、宇田川素直。やはりどちらも来ていない子だ。

そしてふたりは、もうひとりの失踪者、野々山紘美と揉めた……

「最後は、越智と東、それと松葉と宮下がちゃんと謝ったんです。あんなに広がると思ってなかった。悪かったたって」

少しだけ辻は眉間に皺を寄せ、悔しそうな表情を見せる。

「……ホントは、俺もなんかしたかったんですよ。でも犯人捜しとかはできなくて。せいぜい水谷を慰めて、アドバイスとかしてやれる程度で……」

ここでふと心当たりのない名前が気になった。

「ちょっと待ってください。さっきから名前が出てた越智……、一二三くん……と、もうひとり……宮下、舞さん？　このふたり、今日はいますよね？」

「はい。そのふたりは、普通に来てます」

そのイジメ問題が失踪者の原因だとするなら、発端となった越智が普通に登校しているのはおかしい。

照屋もそう思ったのか、視線がばちりと合った。

名倉はリストを改める。このまま進めば越智と宮下から話を聞くのはずいぶん後だ。いるのなら、早い内に話を聞きたい。

「順番を変更して、次はそのふたり……いや、越智くん、呼んでくれますか？　遊馬くんのことは誤魔化しておきますから」

「え、だ、大丈夫ですか……？」

「はい。ただ、クラスメイトが話したことは誤魔化せないので、複数人から越智くんの名前が挙がったと言っておきましょう。どうですか？」

「……それなら。じゃあ、呼んできます」

辻遊馬は堂々と部屋を出て行った。

根が優しく、共感性もあるが、どこか行動に移せない……つまり『自分ならなんとかできる』という自信がない子なのだろう。だからこそ、自分の役目——できることがあると胸を張るのだ。

——ああいう子は、少し危ないいんですけどね。

それをとやかく言う場面ではない。

「照屋さん。どう思います？」

改めてイジメの件について聞いてみる。

「微妙っすね。ちょっと弱い気がするっす」

「ですね……次は、私がやりますが、いいですか？」

「うっす。勉強させてもらいます」

照屋は席を名倉に譲った。

勉強させてもらうと言われるのは、少しこそばゆい。

もっとも、冷静に判断すれば事情聴取のテクニックは名倉の方が上だ。

照屋にも同等の技術があれば、取り調べは楽になる。

しっかり吸収してもらえれば、ありがたいことに違いはない。

そんなふうに思っていると、すぐに越智一二三がやってきた。

坊主頭に茶色い芝生をのっけたような子だった。

不良……と呼ばれる類の子に見える。

仲の良い子が悪ふざけでメッセージを拡散したという感じではなさそうだ。

「越智一二三くんですね。どうぞ座ってください」

「ども」

緊張している感じもない。だらけた態度からは敵対的な意識を感じる。

「もう先生からお聞きかと思いますが、君のクラスの生徒さん十一人と連絡が取れなくなっています。なにか心当たりはありませんか？　どんな些細な情報でも」

左下――彼からすれば右下を見て肩をすくめた。

仕草を素直に受け取れば、彼は心の中で毒づいているのだろう。

「なにか変わった様子とか。遠出の計画を立ててたとか」

「知らねぇっすよ」

「君自身、仲の良い相手は？　来ていない中で」

この瞬間だけ上を見た。過去の映像を思い出している。

「東とは、まあ、そこそこ」

「でも、なにも聞いてない？」

「ねぇっすね」

また下だ。

明らかにコチラを警戒している。

強引にいかなければ、情報を引き出せそうにない。

「……ずばり訊きますね。その東くんと君が、イジメのような行為に関わっていた、と聞いたんですが」

口元だけが笑った。

これはストレスに対する自己防衛反応。人はストレスがかかったとき、どうにかしてストレスを軽減しようとする。泣くのが代表的だが、他に眠る、笑うという反応もある。

彼は笑うタイプ。このタイプは「怒られているのに、なにを笑ってるんだ！」と余計に怒られることがある。そこに気を付けて話をしたい。

なぜなら『イジメ』の話題を出して『ストレス』を感じた。

つまり、心当たりがあるのだ。

「はぁ？　なんすかそれ」

「水谷くんが浅見さんに送ったメッセージを、君たちが広めたとか」

さらに鼻で笑う。面白い話をしたわけでもないのに。わかりやすい反応だ。

「あれ？　いつの話すか。え、誰が言ってました？」

「何人かが」

「それ、いま関係あります？」

「わかりません。でも、事実なんですね？」

「事実は事実ですけど、あんなの、ぜんぜんイジメじゃねぇっすよ。ほんのいたずらっていうか……そう、いたずら程度っすよ」

だから自分は悪くないとでも言いたげな表情をした。

「今日、来ていない生徒の大半は、そのいたずらに関係していた、と聞きました」

「一部だけっしょ？　それに……イジメで言うなら、あとのやつのほうが、ずっとひどいっすよ」

「あと？」

また知らない情報か？

「メンバーもかぶってますし。そっちの件は、誰も言ってないんすか？」

視線が正面を向いた。これは作り話ではなく、本当のことらしい。

「いまのところは、聞いてません。ぜひ教えてくださいませんか」

下手に出ると越智の姿勢が前のめりに変わり、満面の笑顔を見せた。

強い相手より上の立場になったのと、頼られてまんざらでもないのだろう。

ずいぶん素直でわかりやすい子だ。愛嬌（あいきょう）さえ感じる。

「女子グループみたいなのあるじゃないすか。俺の彼女がその中にいるんすけど。そいつらが一時期、浅見にすげえ嫌がらせしてたみたいで。物を隠したりとか服を切ったりとか。

そういう」

浅見ルナに嫌がらせ？

初めて出てきた情報だ。

「誰ですか？　その女子グループは」

「リーダー格は立花で、メンバーは向と舞と」

リストを確かめる。舞というのは先ほど名前の挙がった宮下舞だろう。

そして立花みずき、向亜利沙はふたりとも欠席だ。

しかし、当の被害者である浅見ルナも行方不明となっている。

「越智くんの彼女というのは……？」

「こいつ」

わざわざスマホで写真を見せてくれる。間違いない。宮下舞だ。

「でも、こいつは今日来てるんでイジメとかあんましてなかったんじゃないんすかね」

彼女のことは庇（かば）うのだなと、少し感心した。

「ありがとうございます。大変参考になりました。では、ちょうど次が宮下さんに話を聞くことになってるんですが、呼んできていただけますか？」

「うーっす」

入って来たときとは違い、越智は協力的な雰囲気で出て行った。

照屋が大きくため息をつく。

「どうしました？」

「いやー、ちょっとの間に人が変わったなって……」

「魔法をかけましたからね」

「魔法っすか？　SITって魔法使いの集団なんすか……？」

SITとは、捜査一課に設けられる『特殊犯捜査係』のことを指す。人質立てこもり事件、誘拐事件、企業恐喝事件などを担当する部署で、犯人との交渉や犯人のプロファイリングを行う。地域によってはSTS、ARTなど名前を変えるが、違いはほとんどない。

名倉の元配属先だった。

「本当に魔法使いだったら、どれだけ楽かわかりませんよ。ピーリカピリリリ、犯人をとっつかまえてーってね」

「ぴーりか、ってなんすか？」

「アニメですよ」

「観るんすか？」

そんな無駄話をしていると、次の子がドアをノックした。

「どうぞ、お入りください」

「……ちゃーす……」

入ってきたのは宮下舞。スカートの短い子だった。他の子よりも化粧を念入りにしているようで、褐色の頬（ほほ）がキラキラ輝いている。

関心したのは髪の毛だ。鈍色の髪を綺麗にふくらまして結い上げている。美容室でセットしたようだ。ただ、どうにも頭に盛り蕎麦が乗っているように思えてならない。

名倉はそんな感想を微塵も表に出さず、イジメの件について聴取を進めた。

「では、すみませんがお話を聞かせてください。今回、欠席している十一人の誰かから、なにか話を聞いていませんか？　どこかへ出かけるだとか」

「さぁ……べつにー？」

視線をアチコチさせて首をひねった。

考える気がなさそうな反応だ。ひとつも集中していない。

「なにか少しだけでもいいんですが……」

「……べつにー？」

敵対的でも協力的でもない一番やっかいな反応『無関心』だ。

越智から聞いた話の方が当人に関係しているはずだ。

その方がいい反応が得られるかもしれない。

「では、少し話が変わるんですが……宮下さんは浅見さんに嫌がらせをしていたとか？」

「はぁ？　なんのこと？」

ひしゃげたような表情になった。

ただ、視線はこっちを見た。

自分がやっていたと言われたから驚いただけだろう。

だとすると、もしイジメを行っていたとしても、罪悪感がないタイプだ。

すぐに彼女は自分の爪を見始めた。

「……では、まったく心当たりはないと」

「ぜんぜん。ねぇ、もう行っていー？」

飽きるのが早すぎる。こらえ性がない。

関心のない話をされた上に、自分が悪く言われたため、ここから去りたいという気持ちが強くなったのだろう。

しかし、ここで帰られては困る。

「これは、まだ今回の件と直接関係あるかどうかわからないんですが」

「なら言わなくていいしー」

反応はまったく変わらない。

余計なことを喋らず、いかに興味のない時間を手っ取り早く終わらせるかを考えているのだろう。となれば……

「いえ、いちおう確認させてください。確認さえできれば終わりですから。今回連絡が取れなくなっている浅見ルナさんに、クラスの女子生徒の何人かがひどい嫌がらせをしていた、といった話がありまして」

聞いたことを、そのまま話す。事実ならば反応が変わるはずだ。

実際、彼女の手先が止まった。視線が少しだけ泳ぐ。

「………」

「女子生徒たちのリーダーは立花みずきさん。あとは向亜利沙さんと、もうひとりが君だと。そう聞いてます」

「それで?」

大きなため息をついて前かがみになる。

「君以外の関係者は、今日、学校に来てません」

そう思いきや、今度は椅子にもたれかかった。

「そうだけどさー。十一人でしょ？　繋がりとか因縁とか、いくらでも見つけられるじゃん。水谷の告白とかもあったし」

「それも、いま確認しているところです」

　名倉がニコニコすると、宮下は気まずそうに視線をそらした。

　またため息をつくと手を振りながら喋る。

「とーにーかーく、ルナとか、みずきとかの件は、たぶんなんも関係ないよ？」

「理由が？」

「だーって、すぐ終わったしぃ。始めたみずき自身がすぐ飽きたからさー。一週間も続かなかったんじゃね？」

　足を組んで、また爪を見始めた。本当に落ち着きのない子だ。

「一週間も続かなかった……そうなんですか？」

　宮下はこちらを見て笑う。

「なに、あれの復讐でルナがみずきを呼び出してなんかしたとか？　それで十一人もガッコに来てないって、馬鹿じゃない？」

「そこまでは言ってませんが」

　可能性は捨てきれない。

　動機が弱いのも確かだ。

調べる方向性が間違っているようには思えない。

だとすれば、なにか情報が足りていないのだ。

「そんなタイプじゃないよ」

疲れたような表情で宮下が言った。

「浅見さんがですか？」

「そう。どっちかっていうとおとなしい。お嬢様って感じ」

確かにお嬢様を表す記号のような見た目だった。

逆に目立たない、おとなしい人物だったとしたら……

「立花みずきさんが、浅見ルナさんに嫌がらせをした理由はご存知ですか？」

宮下は大きく伸びをする。

「知んなーい。みずきが急に始めて、急にやめた。ただの気まぐれじゃない？　顔がむかついたとか。上品ぶってるのが気に入らないとかさ」

「始めた理由も、やめた理由も、どちらも気まぐれ？」

「そんなもんっしょー。ねぇ、そろそろ終わんないのー？　マジ退屈なんですけどー」

「あ、はい。ありがとうございました」

知らなかった情報が出てきただけで御の字だ。

少し整理もしたい。

「では、他になにか思い出したことなどありましたら、教えてください」

「んー、思い出したらね」

「ぜひ」

宮下は勢いをつけて立ち上がった。

「んじゃねー。がんばってー」

解放されたとわかれば、彼女はとたんに明るい調子になる。

両手を振って部屋を出て行った。

なんだか、嵐が過ぎ去ったような気分だ。

照屋も同じなのか、しばらく呆然（ぼうぜん）としていた。

そのうち、名倉がぽつりと呟く。

「気まぐれでイジメたり、終わったり……そんなもんですかね？」

照屋は肩をすくめた。

「知らないっすよ」

「とりあえず、今までの情報を少し整理しましょう」

メモ帳の新しいページに今までの情報を改めて書き出す。

まずはオタク少年〈水谷和希(かずき)〉が、お嬢様〈浅見ルナ〉に対して告白をした。

そのときの長文メッセージを盗んだのが芝生頭〈越智一二三〉。

共犯で拡散の一歩目がツーブロックの髪型をした爽(さわ)やか系の〈東克彦〉。

拡大させたのが目に鋭さのある〈松葉千帆〉。

その犯人を突き止めたのが有望株〈野々山絋美〉。

結果的に〈越智一二三〉〈東克彦〉〈松葉千帆〉そして〈宮下舞〉の四人が〈水谷和希〉に謝った。

ただ〈宮下舞〉は〈越智一二三〉と付き合っており、そのついでで謝ったようなものらしい。

ここで一件落着に思えたが今度はなぜか〈浅見ルナ〉がイジメを受けた。

首謀者は〈立花みずき〉。

一緒に行動していたのは〈宮下舞〉と〈向亜利沙〉。

だが、そのイジメは一週間で終わってしまう。

理由は不明……

どちらにも関わっているのは先程のギャル〈宮下舞〉。

だが、彼女は登校している。

やはりイジメの件は、今回の集団失踪に関係ないのだろうか？

少し弱気になってしまう。

いや、情報が足りないに違いない。

名倉は改めてリストと時計を見る。

ここ数人、話しこんだため、時間配分がおかしくなっているのだ。

「……けっこう残ってますね。手分けします？」

「そっすね。それでも、今日中に終わるかな」

照屋が苦い顔をする。

名倉は次の子が来るまで『どんな情報が足りないのか』と、思案の海へ静かに潜った。

∀‡A

日が落ちると助けは期待できない。

飛行機は見つけてくれないだろうし、人は出歩かないだろうから。

夜には閉じこめられ、ゲームの進行を強いられるのだ。

屋上にいることをやめ、紘美たちは食事を摂ることにした。

レトルト食品を並べた、ささやかな夕食会。

クラスメイトと一緒なのに、まるで楽しくない。

いつもなら昨日のテレビが、ネットでこんな話が、あのゲームが……など、他愛もないことを楽しめるはずなのに。

都築と八重樫が少し冗談を言い合っているくらいで、静かなものだ。

夜の七時を回る頃には食事を終えていた。

紘美たちは椅子とテレビのある広間へ戻る。

何の方策もないまま、後一時間で刻限になるのだ。

本物の『死』が迫っているかもしれない。

いや、違う。こんなバカげた状況、本当であるはずがない。

これはなにかの冗談だ。

そう思うものの、息苦しさは本物だった。

「でさ、どうする？　まだ時間あるけど」

広間に入るなり都築が八重樫に言う。

「って言っても、やることもねぇしなぁ……」

筋肉が重いのか八重樫はさっさと円形に並んだ椅子のひとつに座った。
紘美はぼうっと、その様子を見る。
あそこに座れる神経がわからない。
席に着けば、ゲームに乗る気がしたから。
それは殺し合いをする合図。
彼はゲームを嫌がっていたはずなのに。
ゲームに乗り気でないなら、席を立って欲しい……
思いが通じたのか八重樫は立ち上がった。
ただ、離れるわけではない。
円形に並んだ椅子の中心へ行き、かがむ。
なにかを拾ったようだ。
「……死んでつぐなえ……」
無機質な声に心臓が竦（すく）む。
「……なに？」
紘美が近づくと、八重樫は困惑した表情を向けた。
ゆっくりと手を伸ばし、一片の紙を渡してくれる。

「どした？　なんかあった？」

都築を筆頭に残る全員が集まってくる。

「〝死んでつぐなえ〟って書いてある……」

信じてもらえるように突き出してみんなに見せた。

「そんなのあった？　目ぇ覚めたとき」

千帆が首を傾げる。克彦が「なかった」と言った。

思い出す限り、紘美も知らない。

だとすれば、可能性はひとつ。

「……誰かが置いたんだ」

「この一〇人以外が入ってきたら、誰か気づきますよね？」

宇田川の言葉に全員が首を横に振った。

誰も、見ていないのだ。

「じゃあ、この中の誰かってこと……？」

立花はいつもより強く髪をいじっている。

不安になる気持ちは同じだ。

異常な状況に、脅迫のような言葉。

死んでつぐなえ

だが、負けられない。

紘美は気を強く持ち「誰？」と犯人に自首を促した。

克彦は全員に言葉を投げかける。

「なぁ。〝つぐなえ〟ってことは、悪いことした奴がいる、ってことだよな？」

立花は震えた声で続く。

「……で、それを誰かが責めてる？」

クラスメイトたちが集められ、殺人ゲームに参加している状態。

そして『死んでつぐなえ』のメッセージ。

「……その誰かが、この一〇人を集めたってこと？」

全員が全員の顔を見合わせる。

悔しそうに歯嚙みし、大声を出したのは八重樫だった。

「だ、誰だよっ！　誰がこんなの！　てか、俺は関係ねぇぞ！　悪いことなんかしてねえ！　こんな、こんなの……償うようなこと、してねえ！」

そうだ、もし償わせることが目的なら……

紘美は大声を出す。

「正直に言ってよ。言おうよ。これ書いた人！　償うようなことがあるなら、ちゃんと話そうよ。やったほうは謝ればいいし！」

　それでゲームは終わり。殺し合いなどしなくていいはずだ。

　意外に賛成してくれたのは宇田川だ。

「そうだ、なんか心当たりある人は？　自分がなにかやりました、罪を犯しました、って人は、いまのうちに名乗り出たほうがいいんじゃないですか？　野々山さんの言うように、自分から謝ったほうが」

　妙に冷静なのは気になる。

　それに続いたのは坂井。

「そうだよ。そのほうがいいよ」

　けれど、亜利沙は違った。

「無理じゃない？　こんな首輪までした奴が、謝っただけで許す？」

　そう言われると、自信がない。

　相手は償いのために『死ね』と言っている。

「……それでも、謝るような理由があるなら、謝ったほうがいいじゃん！」

　ひょっとしたら、それで気が済む可能性だってある。

「さっきから他人事みたいに言ってるけどさ。当事者、君じゃない？」

突如、頭を殴られたような気がした。

都築だ。

「は？　どういうこと？」

「水谷の、告白メッセージ流出の件さ」

「……覚えてるけど、私がなんで？」

「君のせいで濡れ衣を被りそうになった奴だっていたじゃないか。そこの宇田川や坂井なんか、とくにさ」

振り返ると宇田川も坂井もバツの悪そうな顔をしていた。

――宇田川は五人ぐらいに送ったよね？　その前は？　誰から送られた？　それとも、自分で彼のスマホ盗んだ？　坂井くんもさ。違うなら犯人を教えて。密告したら裏切り者になる、とかだめだからね？　そっちのほうが卑怯。勇気がないだけだもん。正しいことをしなよ！

メッセージを流出させた犯人を捜しだすため、紘美は宇田川と坂井に強く詰め寄った。

そのおかげで犯人が越智だとわかったのだが……

慌てたのは坂井だ。

「まって、あれの復讐？　でも、水谷くんがいないじゃん」

対して宇田川は冷静だった。

「復讐する側はやらないんじゃないですか？　こんなゲームなんか。どこか近くに隠れて、見てるのかもしれませんよ。誰にも見られないタイミングを見計らって、その紙を置いた……」

紘美は反論する。

「誰か入ってきたら気づくはずだ、って言ってたじゃん」

宇田川は不機嫌そうな顔で肩を竦めた。

「まあ、基本的にはそうですが」

紘美は他の当事者、克彦と千帆に視線を送る。

「それに、水谷くんが黒幕なら、パスワードを盗み見てスマホを勝手に操作した越智くんは？　彼と付き合ってる宮下さん、あの子も、友達に送ったんだよね？」

克彦は腕を組んで眉間に皺を寄せた。

「オレは謝ったぜ？」

千帆も同じような仕草をする。

「あたしも。なのに、なんであたしたちだけ？」

都築が軽く手を振って主張する。

「いや、だから、むしろ逆で。謝罪を強要した側がうざかったとか、考えられない？　なんか、まとまって謝罪とかしてたよね？」

「したな。そういえば」

越智、宮下、克彦、千帆の四人は水谷に直接謝罪したことがある。

そのときのことを克彦は思い出しているのだろう。

四人で水谷の机を囲む様子は、イジメのようにも見えた。

だから紘美も気になって、あのときは遠くから見守っていた。

「ああいうのさ、僕だったら嫌だろうな、と思って」

都築の理屈はよくわからない。

「なんで？　個人的に謝ったほうがいいよ、って言っただけ。大勢の前で謝罪させたとか、そんなんじゃない」

実際、日常に混じっての謝罪だった。大事にはなっていない。

謝罪に気づいていないクラスメイトもいただろう。

都築は苦笑いした。

「ま、君がそう言うなら、そうなんじゃない？」

立花は紘美たちのやり取りを見てか、頭を抱えていた。

「そんなことで、ここまでする……？」

弱々しい言葉。

都築はあおるように続ける。

「案外、野々山が黒幕だったりしてね」

虚言に対して紘美は案外と冷静でいられた。

「……わたしとルナは普段から仲良いし。わたしが黒幕なら、この子をこんなとこに連れて来たりしない」

都築はニヤニヤと笑う。

「仲良いように見えて、実はムカついてたとかさ」

さすがにルナとの仲を引っ掻き回すような言い方は気に入らない。

「そんなこと言いだしたら、誰だって怪しいじゃん！」

可能性はどこまでも可能性だ。

相手の気持ちがわからないのだから、絶対などない。

「私と紘美に関しては、実はムカついてた、とかはないよ」

ルナが細い声ながら、しっかりとフォローしてくれる。

都築は「ほんとかなー」と笑っていた。

どこまでも神経を逆なでする男だ。

暴力はよくない。わかってはいても、足くらい蹴飛ばしてやりたい。

そこに千帆が口を挟んだ。

「ねえ。時間、近づいてんだけど」

広間に取り付けられている時計の針は七時四〇分を回っている。

まさか。早い。まずい。

焦り、恐怖、怒り、悲しみ……いろんな感情が一度に湧き上がった。

「いちおう、準備したほうがいいんじゃない？」

亜利沙の低い声。

「準備？」

つい聞き返した。

「投票の準備よ。誰が人狼っぽい、みたいな相談とか。予言者のカミングアウトとか」

「ゲームの話？」

「だって、ゲームをやらないと死ぬのよ」

亜利沙は首輪を指でなぞって見せた。

——死ぬかもしれない。

鉄の輪に、殺されるかもしれない。

やっと全員に実感が湧いたのか、焦りが場の空気に染み出してきたようだった。

八重樫が早口でまくしたてる。

「予言者のカミングアウトってのは、あれだよな。予言者は大事な役職だから、間違って吊らないようにって」

千帆が補足する。

「あとは、夜は用心棒に守ってもらえるように」

克彦も意見した。

「霊媒師は？　引いた奴、今回は言う？」

しかし、もっと大元を解決すれば問題ないのだ。

紘美は『死んでつぐなえ』の紙をみんなに見せる。

「ちょっとちょっと。これは？　気にしないの？」

克彦はしかめ面で腕を組んだ。

「気にするけど、ゲームも気にしないと。無視して全員死んだら、目も当てられないぜ」

ゲームの方に心が寄っているらしい。

だが、やはりこれは復讐なのだ。

謝らせたいだけの狂言なのだ。

ゲームで人を殺すなど、あってたまるか。

紘美は大きく手を振って否定する。

「そんなの、そこまで、するわけないじゃん！」

その希望に釘を刺したのは、ルナだった。

「……するかも」

思わぬ一言に紘美は頭が真っ白になりかけた。

小さく首を振り、意識を取り戻すとルナを見る。

「……え、なんで……？」

ルナは息を飲むと、小声で答えてくれる。

「ここ、このゲーム、違法なギャンブルの対象だって、誰か言ってた……」

都築は肩を竦めてみせた。

亜利沙はぼそりと「そういう噂だよ」とだけ答える。

ルナは続ける。

「ゲームの勝者に支払われる賞金が一億円。ってことは、それ以上の額が賭けられてるってことだよね……。その賭けの対象は、この中の誰が生き残るか、いつまで生き残るか、みたいな感じだと思うし」

そうだ。一〇人も一度に拉致できる敵。

こんな異常なゲームをギャンブルにする敵。

そんな敵が、ただ謝らせたいだけのはずがない。

では、『死んでつぐなえ』とは何なのか？

急にパズルのピースが噛み合わなくなった気がした。

どこがズレたのかは、わからない……

「そっか。大穴だ」

都築の唐突な言葉に意識を引き戻される。

つい紘美は聞き返した。

「大穴？」

都築は得意げに説明する。

「当然、初日に誰も参加しなくて全員死亡、みたいな枠もあって。そこは当然、オッズも高くなる」

ルナは小さく頷いた。

「……高いか低いかは知らないけど。想定はされてると思うし、私たちがみんな死ぬことで得する人、損する人はいるんだと思う」
坂井が息を飲みこんだ。
「だから、殺すときは殺す？」
今度は全員が息を飲む。
克彦は頭が痛くなったのか、額を指でこすった。
「だからいまは、やるだけやらないと……」
反論できない。
順々にみんなが黒い椅子へと座る。
殺し合いを始めるのだ……
本当にそれでいいのか？
そもそもこの状況が異常で、従う方が間違っているのに。
悔しい。
けれど、席に着かなければ、最初に死ぬのは自分だ。
その方がいくぶん楽かもしれないとも考える。
でも、それで誰が幸せなのだ？
負けられない。

負けてやらない。

間違ったことをする敵は、絶対に許さない。

自分の心を確認すると、紘美もゆっくりと席に着いた。

都築は笑顔でゲームを進める。

「予言者は？　誰か、自分だって人はいる？」

「まって、まだ一度も占ってないじゃない？」

千帆の冷静な一言。

立花は「占いって？」と、おさらいから始めていた。

千帆はちゃんと説明する。

「能力を使って誰かの正体を探ること。村人か、人狼か。それをまだひとりも確認してない、ってこと」

克彦が付け加える。

「まだカードを配られただけだからな」

スカートのポケットにしまった『村人』のカードを思い出す。

これを見られるだけでも『死ぬ』可能性がある。

少し緊張した。

亜利沙が口を開く。

「カミングアウト、べつにしなくてもいいよ。自分が吊られそうだな、襲撃されそうだな、と思わないかぎりは」

カミングアウトとは、自分の役職を他の人に公言することだ。

坂井は腕を組んで疑問を投げかける。

「でもそれだと、情報がなにもないよ。投票先、どうやって選ぶ?」

もっともだ。

それに笑みを浮かべたのは、やはり都築だった。

「誰が票を集めるかで、嫌われ者がわかるねぇ」

人の嫌がることを平気で言う。

紘美はこういう部分が好きになれない。

「やめなよ」

「事実は事実さ。わりとリアルな友情も関係するからね」

確かに命が懸かっているのだとしたら、冗談でもルナに投票できない。

投票するなら……人狼か、いなくなって欲しい人物……

ダメだ。

また嫌な方向に頭が引きずられている。

こうしている間にも時間が迫りつつあった。

それでも、誰に投票するか決められない。

誰に入れても後悔しそうだ。

紘美はもう一度、全員に問う。

「ねぇ、ほんとにやる？　処刑とか、おかしいよ」

これでみんながやめてくれれば、それで収まるかもしれない。

しかし、宇田川がアーガイル模様を指でなぞりながら答えた。

「まぁ処刑といっても、形式上、処刑された扱い、というだけかもしれませんし。実際には死なずに、たんに退場させられるだけかも」

空気が緩むのを感じた。

確かに、拉致や誘拐は犯罪だが、殺人に比べればまだマシだ。

殺せば確実に後戻りできない。

そんなリスクを背負わずとも『本当に死ぬかも』と思わせればいい。

このゲームは成り立つ。

坂井も安心したのか「そうだよね……普通、そうだよね」と安堵の息をもらした。

「よし、だから、まずは一度やってみようよ。もろもろ確認できるし」

ただ、都築の言葉からは「死んだ方が面白いのに」といった空気を感じる。

クラスメイトとして過ごしてきたが、こんな男だったとは意外だ。

「投票は、指さしだよな……」

八重樫が心細そうな声で確認し、誰ともなく適当に指さした。

向けられると気持ちのいいものではない。

八重樫の隣に座っていた立花は物理的に跳ねのけていた。

「でも、誰とか……」

決められない。

もし、本当に死ぬようなことがあったら？

そう思うだけで怖い。

人殺しになってしまうかも、自分が殺されるかも。

なぜ、試せるのか？

なにを考えているのか？

戸惑っていると亜利沙が提案をする。

「ゲーム的なヒントがないなら、黒幕っぽい相手に入れたらいいんじゃないかしら？　それか、逆に、黒幕に恨まれてそうな相手ならどう？」

乗ってきたのは宇田川だ。

「なるほどね。黒幕が死んだら終了かもしれませんし。恨みの対象が死んだら、それはそれで、黒幕がみんなを解放してくれるかもしれない」

物騒な物言いに紘美はつい「死んだら、とか言わないで」と注意してしまった。

全員の息が止まる。

呼吸を取り戻し、話し出したのはルナだった。

「その……恨む、恨まないに関して、先に言っていいかな。誰かが言いだす前に」

自然と全員の視線が集まった。

ルナはゆっくり、立花の方を見る。

「……知ってる人もいると思うけど、一時期、私は立花さんからひどい嫌がらせを受けてた。短い間ではあったけど、すごく辛かった」

心臓にナイフでも突き立てられたかのように、立花は顔をひきつらせた。

「は……？」

確かに、そういうことがあった。

紘美は確認する。

「それって、確か二ヵ月くらい前の……？」

弱々しくルナは頷く。

どうにかしてあげたいと思っていた矢先、急に嫌がらせがなくなったと言っていた気がする。

立花を見る。彼女は上ずった声で反論した。

「そんなの……嘘！　な、なに言ってんの！　デタラメ！」

ルナは小さく首を振った。

「嘘じゃないし、知ってる人もいると思う」

小首を傾げたのは克彦だ。

「仮にそうだとして、結論は？　浅見が黒幕ってこと？」

当然、ルナは否定する。

「私は黒幕じゃないし、こんなの関わりたくもないけど……立花さんも黒幕じゃないと思う。でも立花さん、仲いい子は多いし、影響力はあるし……私にしたのと同じようなこと、別の人にしたかもしれない」

だから恨まれている？

立花は理解できていない様子だった。

「急になに言ってんの？　あんなの大昔だし。あたしのほうが、さんざん……！」

挙句に言い訳を始めた。

いや、本当に彼女が狙われているのかどうか、わからない。

ただ、ルナに嫌がらせをしていたのは事実だ。

だからだろう。

ルナは許さなかった。

「そういうこと、できる人ではあると思う。……ごめんなさい」

都築がまとめる。

「つまりこういうこと？　黒幕が誰かは知らないけど、黒幕に恨まれてるとしたら立花だろ、みたいな」

要するに、立花が死んで償えば、このゲームは終わる？

本当に？

立花は焦り始めていた。一生懸命、髪の毛の先をいじっている。

「知らない。言いがかり！　私は、むしろ被害者！」

いきなりの被害者発言に坂井が疑問を口にする。

「なんの？」

「なんだっていいでしょ！」

しかし、立花は詳細を答えなかった。

大きくため息をついたのは亜利沙だ。

「……ごめん。あたしも、みずきに言われて悪ふざけ……嫌がらせ、みたいなことはしたよ。あれがこれの、これ全部の原因なんだとしたら、謝る」

「ちょっと⁉」

立花みずきは自分の髪をくしゃくしゃに掴み、亜利沙を凝望する。

最期の宣告は千帆だった。

「やばい。時間」

極限にまで追い詰められたのか、立花は勢いよく立ち上がり都築と八重樫を交互に指さした。

「私は被害者なの！　そいつらに襲われたのっ！」

同時に都築の声が被る。

「三、二、一！」

紘美の中に『誰にも票を入れない』という発想がないわけではなかった。

だが、とっさに『それはルール違反ではないか？』『ルール違反は殺される』という考えがよぎったのだ。
誰かに入れなければという焦りは紘美の思考を奪う。
気づけば紘美も指をさし、全員が投票をしていた。

八重樫に一票――紘美から。
ルナに一票――立花から。
都築に二票――千帆と克彦から。
立花には、六票――ルナ、亜利沙、八重樫、都築、坂井、宇田川から。

沈黙が続き、立花のすすり泣きと時計の時間を刻む音だけが聞こえた。
なにが起こるかわからない。
ひょっとすると、このままなにも起こらないかもしれない。
紘美は時計を見る。
まさに八時になった瞬間。

――キュイイイィィ……

甲高いモーター音？

まさに立花の首輪から聞こえてきた。

「ふぐぅっ⁉」

両頬から空気が漏れ出るような声を出し、立花は首輪を掴んだ。

千帆が目を見開いて様子を見ている。

「え、なに？　マジで？」

悪い冗談だ。

そう思いながらも紘美は息を飲むだけで、言葉が出ない。

立花の悶絶は続く。

「あげ、ぐ……あが……」

これは、本当に死ぬんだ。

そう思ったのは立花の首筋に青紫色の筋と、太い血管のようなものが浮き上がったからだった。

寄生虫が皮膚の下に潜りこみ、脳に登っていくかのよう。

一体、なにが？

まさか首輪の中に生物でも入れている？
いくつも枝分かれ……いや、根ざすよう別れていく。
抉って。
抉って。
抉って。
抉って。
命を抉り取っていく。
気づけば首中が爆発するかのようにデコボコだった。
八重樫が顔を真っ青にしてる。
「おいおいおいおいおい、嘘だろ、おいっ！」
誰も助けに行かない。
いや、本能的にわかっているのだ。
助けられないと。
「ぎいいいぃいぃいぃい、ひぎ、ひぎ、ぐっ、がっ……ゴボッ！」
立花が血の泡を口からこぼした。
絵具のように鮮やかで、まるで現実味がない。

膝をつき、崩れるように倒れる。

思わず紘美は駆け寄ろうとした。

「みずきっ！」

しかし、彼女がガクガクと震えだしたために、足が止まった。まるで死霊が取りついたかのようで、恐ろしく危険に思えた。

触れば、自分も死ぬのではないかと考えたのだ。

痙攣は激しさを増し、顔が紘美の方を向く。

顔中がうっ血し、眼球がむき出しになっている。飛び出そうとしている眼は真っ赤に染まっていた。

「ひっ！」

ヒトデナイモノだった。

もうそれを〈立花みずき〉と呼べそうになかった。

本能が逃げろと語りかけてくる。

思わず腰が引けた。その場にへたりこんでしまう。

同時に激しい痙攣は一段と強さを増し、飛び上がるのではないかと思うほどの震えを見せた。

「うわぁっ！」
遠くにいるはずの宇田川も腰を抜かしていた。
逃げたい。
逃げ出したい。
殺されてしまう。
目に涙がたまり、気づけば自分の呼吸も酷く荒かった。
だが、立花は目を背けてくれない。
紘美の方を観ている。
半分だけ飛び出し、赤くカラフルになった眼球で。
ただ、いつの間にか彼女は動かなくなっていた。
それでも紘美を道連れにしたいと思ったのか、じわりと立花から水が広がってくる。
「ひっ、ひっ！」
慌てて後ずさった。
臭いからして、尿だ。
彼女は、失禁したのだ。
酷い。

酷い。
こんな死に方があってたまるか。
こんな死に方があってたまるか……！
強い憤りで体中が熱くなっていく。
それなのに寒い。
紘美自身も震え出し、気づけば目の前に闇がやってきた。
その瞬間、紘美はなんとなく〝自分は死ぬのだ〟と思ってしまう。
痛みも実感もなく〝死〟の恐怖は、アッという間に通り過ぎていった。

第二章

∀‡A

水に包まれていた。
胎児のように丸まって。
目を覚ますと視界が歪んでいる。
遠くには死んだ祖母のくしゃくしゃな笑顔。
これは、夢なんだ。
そう思ったのに、呼吸ができず苦しい。
どんどん口の中から空気が抜けていく。
言葉が出ない。
死ぬ。
死んでしまう。

また、死ぬ……

意識が遠のき、また気絶すると思った瞬間、紘美は現実で息を吹き返した。

「ふぁっ！　――あ、は……はぁ……はぁ……？」

口の中がカラカラだった。

いつの間にか寝ていた……？

「大丈夫？」

ルナが覗(のぞ)きこんでくる。

「……え、う、うん……？」

痛む頭をさすり、体を起こす。

どうやら、椅子の上で寝ていたらしい。

「……やっと起きたか……」

そう声をかけてきたのは、こちらを見下ろしてくる八重樫だった。

服に赤いモノがついている。

なぜ八重樫がいるのだろう？

なぜルナがいるのだろう？

「なにが……？」

状況を把握するため、ルナに質問する。

表情は薄かったが、喋（しゃべ）りづらそうにしているのはわかった。

紘美の疑問に答えてくれたのは窓際で腕を組んでいる千帆だった。

「……紘美はみずきが死んだときに一緒に気絶したの。わかる？」

立花みずきが死んだ？

なにを言っているんだろう。

なぜそんなことになったのだろう？

都築がガラスコップを持って近づいてきた。

「いま、彼女の死体を玄関先に運んだとこ。これ、飲むといいよ」

ゆっくり受け取る。中身は水だった。

小さな水面に映る自分の目を見て、ようやく紘美はむごい死に方をした立花を思い出した。

「うえっ！」

吐き気がし、えずいてしまう。

ルナが背中をさすってくれた。

「大丈夫？」

嫌な顔をしたのは宇田川だ。

「これ以上、汚物をぶちまけないでくださいよ。掃除が大変なんですから」

思わず睨(にら)んでしまった。

宇田川は気まずそうに視線をそらす。

紘美は、いまだに信じられなかった。

「……ほんとに、死んだの？　なんで？」

都築はため息まじりに喋った。

「簡単でしょ。彼女は最多票を集め、処刑された。文字通りね」

周りを見回すと、全員が俯いて言葉を失っていた。

誰もが立花に訪れた『死』を思い出したのだろう。

雰囲気に呑まれれば、そのまま自分も死んでしまいそうだった。

「やめてよ！」

語気を強め、紘美は叫ぶ。

「誰が、なんでこんなことしてるの。殺したりなんかして、なんになるの！」

亜利沙が冷静な声で答えた。

「……ギャンブル。賭けてる連中は興奮するわ。それに、このゲーム自体の、口封じにもなる」

　八重樫が地団駄(じだんだ)を踏んだ。

「なら、勝っても安心できないじゃねぇかよ！　一億なんて嘘(うそ)だろ！　同じように、口封じで殺されるだろ！　あんな、あんなふうに……」

　ルナも俯むきながら呟(つぶや)いた。

「そうかも……」

　鉛のような空気。

　肩に重さを感じる。

　また呑まれかけているのだ。

　紘美は気づくと、あきらめずに、あえて希望的観測を口にした。

「とにかく、出るための方法は探そう。首輪はずすとかさ！」

　千帆が首を振った。

「触らない方がいいよ。なんか、ドリルみたいなのが出てくるみたい」

　首をデコボコにした寄生虫。

　あの正体は首輪に仕込まれたドリル？

　それに続けて真顔で都築が続ける。

「脱出を考えるのはいいけど、いちおうゲームに勝つことも考えてくれる？」

なにを言っているんだ？

カッと頭に血が上る。

「やる気なの⁉　本当に殺されるのに⁉」

薄く笑いながら首を振ったのは亜利沙だ。

「やらなくても死ぬわ」

都築は軽くため息をつく。

「そういうこと。だからゲームはする。その上でもし君が味方だった場合、適当なことやられたら、たまったもんじゃないんで」

頷（うなず）いたのは克彦だ。

「言えてる。無駄死にすんのは、それはそれで、無責任だと思うな」

紘美も無駄死になどしたくない。

できれば生きて帰りたい。

そして犯人を捕まえてやる。

こんなギャンブル、絶対にやめさせる。

ただ、いま歯向かえば『死』だ。

首輪が命を抉(えぐ)り殺す。

その力を首輪は持っている。

ここにいる全員が嫌と言うほどわからされた。

大胆な行動をして死ぬよりは、慎重になるべきなのだ。

吐き気がするのをぐっとこらえ、大きくため息をついた。

「……いいよ。一応、ゲームもやる」

不思議と静かになった。

キンと甲高い音だけが聞こえる。

衣擦れの音を立てて動き出したのは宇田川だった。

「……じゃあ、ボクは眠ります。みんなも部屋に戻った方がいいですよ」

時計を見ると夜一〇時前。二時間近く気を失っていたことになる。

「部屋から出てるとどうなるんだ……?」

八重樫の疑問に亜利沙が静かな調子で答えた。

「ルールに違反した人は命を失うって、言ってたわ。明言されてるから、同じように死ぬんじゃない?」

息苦しさが増した。

「……僕も戻る」
続いたのは坂井。八重樫……
気づけば、広間に残ったのはルナと紘美だけだった。
「……行こう？」
ルナが細い指で手を引いてくれる。
「……うん」
なんなのだ。
なぜ自分がこんな目に遭っているのだ？
理不尽としか言いようがない。
悔しくてたまらない。
もし神様という存在がいるのなら、その神様がこの状況を与えたのか？
自分は神様に嫌われている？
悪いことをしてきた？
いや、正しいことをしてきたはずだ。
なのに、なぜ、なんで……
裏切られたような気分。

最悪だ。

塞ぎこんでいると、部屋の前まではあっという間だった。

ルナは「私、こっちだから」と別れる。

紘美は部屋に入っていくルナを見て、切なくなった。

悲しさと寂しさと、そして嬉しさと。

急にいろんな感情が湧きだしたのだ。

「ごめん、ルナ！」

突然の大声にもかかわらず、ルナは落ち着いている。

「……どうして謝ってるの？」

紘美は手に残ったルナの温かさを感じる。

彼女がいるということを、再確認した。

「弱気になった。ありがとう。手、引っ張ってくれて。がんばる」

ルナはささやかにほほ笑んだ。

「いつもの通りだよ。おやすみなさい」

いつもの通り？

最初はわからなかったが、過去を振り返りだんだんと納得する。

いつも勝手に凹んで、勝手に立ち直って、ルナにありがとうと言う。
幼い頃から繰り返してきた。
そのたびに、問題をなんとかしてきたのだ。
だから、今回もいつも通り。
なんとかなるし、なんとかしてみせる。
紘美は力強く手を振る。
「おやすみ」
そしてルナの姿が見えなくなってから、紘美も部屋に入った。
扉を閉め、小さく息を吐く。
自分がなんとかしてみせる。
なにか策を考えなければ。
顔を叩(たた)いて意識をはっきりさせると、紘美は簡素なベッドに体を放り出した。
固く、冷たい。
固さの違うベッドで眠るのは好きな方だ。
旅行をしているという実感が湧くから。
でも、いまは違う。

旅行どころか拉致、誘拐だ。
呑気にしている場合ではない。
立花みずきが死んだ……
残った九人の中に黒幕――『死んでつぐなえ』とメッセージを残した人物がいる。
本当にそうか？
立花みずきが黒幕だった可能性はないだろうか？
……違う気がする。
明確な理由はわからないが、立花みずきは違う。
黒幕の雰囲気がなかった。
むしろ被害者……
彼女の最期の言葉通りだと思える。
では、彼女の罪を告白したルナが？
いや、あの子はこんなことをできる人柄ではない。
でも、他に誰が？
どんな理由で？
むしろ、立花みずきを殺した黒幕たちの方が怪しいのではないか？

それもおかしい。
メッセージは食事後に現れた。
そこそこの広さがある建物であっても、食堂にみんながいたとしても、誰か入ってくれ
ばわかったはずだ。
会話も少なかったのだから、物音に気づくはず。
……わからない。
黒幕も、その考えていることも、想像がつかない。
ともかく、間違いないのは首輪をどうにかして、ここから脱出することだ。
明日からは、黒幕よりも脱出のことを考えてみようか。
……なにか肝心なことをひとつ忘れている気がした。
時間を刻む時計の音が耳につく。
時間……ゲーム……人狼……
そして思い出す。
真夜中に『人狼』が動き出すことを。
まずい。
誰かが殺される。

自分かもしれない。

選ばれたら……眠りは永遠のものになるかもしれない。

さっきの「おやすみ」が、最後の言葉になるかも?

首輪の冷たさが、死神の手のように思えた。

跳ね起き、もう一度ルナと話をと思ったが、時計はもう一〇時を過ぎていた。

扉の先には、確実に死神がいる。

少しでもルールを破れば、きっと呪いが首を這いまわる。

立花と同じようにのたうちまわり、目をカラフルにして、失禁して惨めに死んでいくのだ。

黒幕を探し当てるでも、追い詰めるでもなく、脱出の道筋が見えるでもなく、ただ、無駄に命を散らすだけ。

開けられなかった。

ドアノブにさえ、触れない。

自分の無力を思い知る。

悔しくて涙が出そうだ。

またベッドに倒れこむ。

螢光灯が二本あるだけの、無機質な天井を眺めた。
眠くない。不安が睡眠を邪魔しているのだろう。
いまのうちにやれることをしなければ。
脱出できないのだろうか？
そもそも人狼が部屋を訪ねて来るのか？
そうだとしたら、起きて抵抗したほうがいいのでは？
だとしたら、だとしたら……
そういえば、立花の供養はしてあげたのだろうか？
玄関先に持って行ったと言っていたが、置いてある？
自分のことで精一杯になりすぎだ……
いろいろ考える。
次第にシーツに体温がなじみ始めた。
同時に抗（あらが）いがたい眠気が押し寄せる。
朧（おぼろ）げな意識の中で、命が吸われている、危険だと思う。
そしていつの間にか、紘美は眠りに落ちてしまった。

○§○

地域安全対策課の部屋は、さほど広くない。

閑職『徒労班』に割くスペースがもったいないためだろう。

といっても、奥の方はパーティションで区切られ課長室になっている。

逆に言えば、課長室を確保するべく刑事たちの部屋が狭くなっているとも言えた。

けれど狭い方が機能的で落ち着く。

それに、刑事が警察署にいることなど稀だ。部屋自体の必要性が低い。狭さに嫌味を言えども、文句を言う必要はどこにもなかった。

それに自分がまとめた資料を置く場所が、少しでもあるのはありがたい。

名倉がパソコンを使い、先日の証言の記録を読み返していると、照屋が大きなあくびをしながら出勤してきた。

なぜか、今日も音が遠い。

「ふぁぁ……おはようございまっすー」

「おはようございます」

目頭を軽くこすりながら照屋は名倉のパソコンを覗く。

「なんかわかりました？」

「いえ。ただ、生徒たちの親御さんから、正式に行方不明者届が出されました」

「全員？」

簡単に操作し、画面にリストを表示する。

「ほぼ全員ですね」

そんなとき、課長室のガラス扉が開いた。

課長だ。

いくら『徒労班』であろうと課長はいる。

しかもキャリア組と呼ばれるエリートだ。現場には立たず、いずれ出世して、ここからも出て行く。

年齢は名倉よりは幾つか上だが、若いことに変わりない。

「ちょっと」

手招きされた。名倉と照屋は目配(めくば)せし、席を移動する。

「進展は？」

課長は席に腰を下ろすと、困ったなという顔で質問してきた。

「ないですね。出席しているクラスメイト全員、二十三名から話を聞きましたが、手がかりになりそうな情報はゼロです」

名倉は予測を言わずに、現実的な結果だけを伝える。

照屋は鼻で笑った。

「くだらない話ばっかですよ。誰と誰が仲がいいとか。付き合ってるとか。嫌がらせがあったとか。そんなのばっかっす」

一応、しっかり補足しておく。

「明確な共通点や家出の理由などは、ないですね」

課長は軽いため息をついた。

「そうか。いちおう自ら隊は注意して見てくれてるし、街頭防犯カメラのチェックも頼んだけど」

今回も徒労に終わるだろうなと、課長は思っているかもしれない。

それだと困る。

一応、釘を刺しておきたい。

「助かります。応援は？」

「本当に必要かね？」

「未成年者ですよ？」

課長は一瞬だけ詰まった。また軽いため息をつく。

「……午後までに動きがなければ、何人か回すよ」

「よろしくお願いいたします」

気を緩めれば、死人が出るかもしれない。

しかも未成年の。

それだけは避けたいのだ。

名倉がＳＩＴを辞めた理由は、そこにあるのだから。


捜査は迅速に行わなければならない。

日本は平和であるとか、警察は優秀だと言われる一方で、人員はまったく足りていない。すべての事件がすぐに解決するわけでもないため、時間が経過すると、人員は別の事件に割り振られる。

目安になるのが事件発生から三〇日だ。

これは心理学者ヘルマン・エビングハウスによって提唱された忘却曲線というものが基準になっている。

忘却曲線とは、かいつまむと『覚えた内容は一ヵ月経過すると七十九パーセント忘れてしまう』という内容を表にしたものだ。一週間後でも七十七パーセント忘れるらしいが。

ともかく、この曲線を信じるならば捜査は早い方がいい。

事件のなにかしらを目撃していても、一週間後、一ヵ月後になると証言者の発言はあやふやになってしまうから。

刑事は寿司屋。ネタは新鮮なうちに……と言ったのはどの先輩刑事だったか。

死んだ者を扱う点もそっくりだと、自嘲していた。

名倉はそれが嫌だった。

『風邪薬』と揶揄されることがあるほど、警察の行動は後手になる。

犯罪が起こってからでなければ動けない。社会が病気になってからでなければ治療できない。

その前に投与すれば逆に体を壊す……

警察の花形とされる捜査一課は特にそうだ。

——人が死んでからでなければ動かない。

そんな遅い正義の味方がいてたまるか。

それではただの復讐者ではないか。

拳（こぶし）を握り締めた中学生時代、名倉は人が死ぬ前に助けられる存在になりたいと願った。

警察に特殊捜査班という『人が死ぬ前に事件を解決する部署』があることを知ったのはその頃だ。

勉強をした。毎日。

武道で体を鍛えた。毎日。

自分が信じた存在になるために。

そして最短とも言える調子でＳＩＴと呼ばれる部署に入った。

だが、そこでも選別があったのだ。

手を差し伸べる相手と、手を差し伸べない相手を、助ける側が決めている。

助けてと叫ぶ人がいるのに。

現実問題を考えれば仕方がないこと……

けれど、これではただの功利主義だ。

最大人数の最大幸福のために、少人数が不幸になるのは仕方ないとあきらめる考え方だ。

本当に正義に味方する者の考え方か？

悔し涙が出た。

警察という機構に絶望しかかったとき、助けてと言われれば、すぐに対応できる『地域安全対策課』が誕生した。

名倉は自ら志願した。

――徒労班？　いいじゃないですか。なにもなくて人が無事なら、自分も嬉しい。苦労が無駄だとか、せっかく探したのにとか考えるのは、相手の不幸を願っているのと同じです。英雄願望はいらない。私は、万が一のときに、悔しい思いをしたくないだけなんです。

部署を抜けたときの言葉を、胸の中で繰り返す。

恥ずかしいことを言った気もするが、いまでも気持ちは変わらない。

それが正しいと信じている。

「着きましたっすよ」

照屋の声で現実に引き戻された。

車の中。目の前にはマンション。

「……ありがとうございます」

「疲れてるんすか？　もうちょっと寝た方がいいっすよ」

「ええ、睡眠は充分に摂ってるはずなんですけどね」

魂だけを引きずり出されていた。大きな見えない手のようなものに……とは言えない。

「ちょっとぼうっとしてました」

「らしくないっすね」

「そうですね。申し訳ありません。ともかく行きましょう」

しっかりしなければ。

捜査中なのだ。

目の前にあるのは十五階建ての赤レンガがあしらわれたマンション。

今朝、行方不明届の出た松葉千帆の家だ。

松葉千帆の母親はモデルのような体型だった。美しいというよりは拒食症ではないのかと心配になる方だが。

中に入ると、なぜか天井が低めに感じる。

十六畳ほどのリビングダイニングへ通され、ダイニングテーブルに着くと、丸いガラスコップで冷たいお茶を振る舞われた。

「……本当に、初めてなんですよ。いままで無断外泊もなかったですし」

頭が痛いのか、長い指で額を抑える。

「いなくなる前、変わった様子はありませんでしたか？　緊張していたとか、なにか心配そうだったとか」

少し間を置くが、結局は首を振った。

「普段と同じに見えましたけど」

「最後に会われたのは、土曜日の夕方ごろ」

「ええ」

「行き先などは、言ってませんでしたか？」

「場所までは聞いてないんです。ただいつもと同じように、ネットのオフ会とか、イベントとか、そういうものに」

オフ会？

初めての情報だ。名倉は照屋を見る。

照屋も初耳だったのか「知ってました？」と言いたげな表情でこちらを見ていた。

つまり、学校ではまったく知られていない話。

「オフ会と言ったんですか？」

「はい。同じクラスの東くんと行くって。たぶん彼氏だと思いますけど、正式に紹介されたことはありません」

東と言えば……手帳を見て下の名前を確認する。失踪者のひとりだ。

「……東克彦くん？」

ツーブロックの髪型が特徴的な青年だ。

「そう、はい。たぶんその子です」

「東くんと一緒に、オフ会に行った？」

「はい。聞いてませんか？　電話で伝えましたし、届け出の書類にも」

ちゃんと見ているはずだったが……どちらにしろ知らなかったことに違いはない。失着だ。

後で反省しなければ。

このミスで助かる命が助からなかったと考えると、背筋が冷たくなる。

「申し訳ありません、行き違いがあったようです。オフ会の名前とか、会う相手とか、そういった話は？」

「どうでしょう。覚えてませんけど、でも人狼？　ゲーム？　そういう遊びを集まってするって。前にも、そういう感じのイベントには参加していたみたいで」

「人狼⁉」

声を荒げたのは照屋だった。

驚いたのか、松葉千帆の母親小さく体を震わせた。

「は、はい……」

照屋も大人げないと反省したのか、体から緊張を抜いて改めて聞く。

「人狼ゲーム……？」

「……そうだったと思いますけど」

照屋はなにか知っているのだろう。

普段、適当な感じのする彼がここまで反応するのだ。なにか知らない事件と関係している可能性がある。

ここで喋る内容ではないのだろう。

ともかく、情報を摑むだけ摑んで戻ろうと名倉は考えた。

「娘さんのお部屋、拝見してもいいですか？」

「もちろん、どうぞ。散らかってますけど」

松葉千帆の部屋は簡素なもので、ファッション誌が何冊か重ねられているのと、ハンガーに掛けられた服がカーテンレールからぶら下がっていた。

少しの本に少しのぬいぐるみ。勉強机も意外に綺麗で、変わった点はせいぜい化粧品が整列しているくらいだろう。

パソコンはなかった。

手帳の類などもなく、見つかったのは東克彦と一緒に撮ったプリクラだけ。

「すみません、どうもありがとうございました」

お礼を言い、名倉と照屋は松葉千帆の家を後にする。

母親は、丁寧に深々とお辞儀をしていた。

心労は計り知れない。

早く解決して楽にしてあげたいものだ。

車に乗りこみ、次は学校へと向かった。

運転する照屋の表情は硬い。

さっきの『人狼ゲーム』に対する反応の真意、確かめておきたい。

「部屋は、空振りですね」

「………」

いつもなら適当な返しがあるはずだが、なかった。

「最近の若い子は、ネットはスマホなんでしょうね」

「……ええ」

パソコンがないことに言及する。

オフ会と言うのだから、ネットに繋（つな）ぐ機器が必要だ。

代表的なのはパソコンなのに、なかった。

答えは自然とスマホになる。

母親に聞いたが、スマホは買い与えているそうだ。

電話をしても繋がらない。

部屋にもなかった。

「……なんなんですか？　人狼ゲームって」

そのオフ会。

楽しむために電話の電源を落としているのなら、無事だろう。

しかし、そうでないなら……

音が遠くなった気がした。

「ただの遊びですよね？　テレビなんかでもやってる？　こっくりさんみたいな感じですか？」

的外れな意見だったのか、照屋の表情は不機嫌なものに変わった。

「ぜんぜん違いますよ。ただ、ゲーム自体はどうだっていい。どうだっていいんです。たぶん」

「どうだっていい？　なんです？」

いつになく真剣な顔つきの照屋。

「……二年前、同じようなことがあったんすよ。名倉さんがうちに来る前ですね。集団じゃなくて、高校生がふたり、いなくなっただけっすけど」

未成年の行方不明事件。

いまと同じような状況。

「……そのときの高校生も、人狼に参加してくる、みたいな言葉を残して、消えてました」

「その子たちは……？」

「まだっす。まだ見つかってないんす」

∀‡A

今日も、目が覚めた。

たぶん、生きている。

死んだ先が現実と同じで、記憶も繋がっている……なんてことがない限り紘美は生きていた。

「……生きてる」

念のため声を出す。頬（ほほ）をつねると、痛みを感じた。

けれど、死んだ後の世界は声が出せないだとか、痛みを感じないだとか、そんなことがあるのだろうか?

なにをもって生きていると言えるのだろう?

寝ぼけた頭で考えるには、少し難しかった。

頼りない足取りで紘美は食堂に行く。

ともかく飲み物と食事を摂りたい。

食堂に入ると菓子パンを頬張っている千帆がいた。

隣には克彦。

対面の席に坂井。

千帆がこちらに気づき、声をかけてくれる。

「寝れた?」

「……うん。意外と」

酷く疲れている感じはない。ちゃんと寝られている。

「あたしも」

意外に自分の神経が図太いと言いたいのか、少し苦笑いが含まれている笑顔だった。

克彦は厨房の方を指さした。

「朝飯、取ってきたら？」

紘美は「うん」と軽く返事をする。

考えがまとまらない。本当に寝ぼけている。

もっとしっかりしないと……

厨房はステンレスの輝きが冷たかった。

奥には宇田川がいる。

冷蔵庫の中身から食べたいものを物色しているようだ。

近づく紘美に気づいたらしく、軽いお辞儀とともに「ども」と挨拶してきた。

「おはよう」

「牛乳いります？」

急に気を使われた感がした。宇田川にはあまり良いイメージを抱いていないが、案外いい奴なのかもしれない。

「うん。ありがと」

五百ミリリットルの牛乳パックを受け取ると、賞味期限をチェックした。

――今日は、えーっと……何日になったんだっけ……？

朧げな意識が、そこで急にはっきりした。

「そうだ！　朝だ！」

「はい？」

「みんな無事？　ちゃんといる？」

「さあ？」

人狼が誰かを夜中に殺しているはずだ。

そうだ、だから自分が生きているのが不思議に思えたのに。

紘美は急いで厨房を飛び出した。

千帆たちのテーブルへ行くと確認を取る。

「他のみんなは？　見た？」

三人は顔を見合わせた。

なぜ、そんなに呑気でいられるのか。

坂井はあくびをしながら返事する。

「寝てるんじゃないの？」

「確認しないと。起こそう！」

不思議そうに首を傾げたのは千帆だ。

「なんで？」

「心配じゃん。来て！」

思わず千帆の腕を引っ張る。

「ちょ、もう！」

ひとりでは心細いのもあるが、どちらかと言えば一緒に確認して欲しいからだった。それに、ふたりの方が手分けできる。

紘美が真っ先に向かったのはルナの部屋。

隣の亜利沙の部屋には千帆が行った。

ドアを強くノックする。

寝ているなら起きて欲しい。

早く『生きている』ことを確認させて欲しい。

間を置いて、ルナの部屋のドアが開いた。

「……紘美？　なに……？」

「無事？」

「う、うん」

戸惑っている様子だったが、どこにも異常はなさそうだった。

「亜利沙もいたよ」

千帆の声。視線を向けると亜利沙がしかめっ面をしていた。

「夜型なんだけど……」

「ごめん。心配で」

「無駄じゃないかしら？　いま起こさなくても、死んでたらあとでわかるし」

「そうだけど！」

亜利沙の冷たい物言いに血が熱くなる。

亜利沙は、そんな紘美を見て相手にしたくないとでも思ったのか、ため息をついて心配する素振りを見せた。

「女子はみんないるわね。用心棒がちゃんと仕事したか、それか、襲われたのは男子か」

「……ありがとう。ひとりひとり当たって行きたいんだけど、いいかな？」

亜利沙は肩を竦めながら「構わないわ」と言った。

どういう意図であれ、協力的であることは嬉しい。

宇田川、坂井、克彦はさっき食堂で会った。

残るは都築と八重樫のふたり。

どちらも男子なので同じ男子に確認してもらおうと、食堂に戻って連れていくことにした。

「やあ、おはよう。どうしたの？　ぞろぞろと」

途中で出会ったのは都築だった。

残るは八重樫。

まさかと思いつつ、八重樫の部屋へ急いだ。

克彦が何度か鉄製のドアをノックする。

「おーい、八重樫。起きてるか？　いるよな？　返事しろって」

何度も何度も。

必死さが足りないことに苛立ちを覚えたが、頼んだのは自分だ。文句を言う筋合いはない。

そのうち、手が痛くなったのか克彦はノックをやめた。その隙に亜利沙がドアノブを回す。

「……開いてるわ」

鍵が掛かっていない。

夜一〇時以降に出回ればルール違反で処罰されるため、時間外の戸締りはそもそも必要性がない。

それでも内側からは鍵が掛けられるようになっていた。なけなしのプライベートを守りたいと思えば守れるわけだ。

亜利沙が目配せすると、坂井がゆっくり入っていく。

「ひぃっ！」

その反応だけで充分だった。

狭い部屋を大勢が覗きこむ。

坂井はその場にへたりこみ「……昨日と同じパターンだ」と呟いた。

千帆が大きくため息をついた。

「……死んでる」

ベッドの上で口を開き、血の泡を吹いて……

同じだ。

首はボコボコになっており、眼球は半分だけ飛びだそうとしている。

違う点は手の位置ぐらい。

立花は首輪を外そうと手をかけていたが、八重樫はベッドを抉るように摑んでいる。

寝ている間に首輪が作動したのだろうか……

夢の中で、死んでいったのだろうか……？

どちらにしろ鉄の首輪から鋼（はがね）の寄生虫が這いだし、八重樫を抉り殺した。それだけは間違いない。

　涙が出てくる。

「なんで……」

　なぜ、こんな簡単に人が死ななければならないのか？

　なぜ、こんな仕打ちを受けなければならないのか？

　紘美もへたりこんでしまう。

「紘美……」

　ルナが支えようとしてくれた。

「ごめん、大丈夫……ちょっと、力が抜けただけだから……」

　力なくため息をついたのは都築だった。

「……どうする？　ここに置いとく？　また玄関？」

　何を言っているのかわからなかった。

「どうするって……？」

「死体、このままにしとくかってこと。部屋なら扉を開けなきゃいい。けど、腐っていくだろうから、臭い、凄いことになるよ」

　都築は、もう八重樫の死を受け入れている。

そんなまさか。

いくら何でも早すぎる。

この男は悪魔か？

「あんた、よくそんなこと考えられるね……」

都築は肩を竦める。

「しょうがないよ。殺されるときは殺される。慌ててもしょうがないし、それがリアル人狼ゲームってことなんだろうから」

亜利沙も小さな声で続いた。

「死体の処理、ちゃんとしないと蠅もわいてしまうわ」

克彦も大きなため息をついた。

「……立花と同じようにするか。運ぶわ。力仕事で当てにしてた奴が死んでるから、大変そうだけどな」

全員の反応がおかしい。

いや、おかしいのは自分の方なのか？

「なんで、そんな……」

千帆が舌打ちをした。

「紘美が気絶してる間に話し合った。それだけ。それともなに、部屋にずっと置いとく気？　あの広間にも」

「それは……そうだ。供養してあげないと……」

千帆の顔が歪む。

「はぁ？　どこで？　外に出たら死ぬよ？」

そんな言い方はないだろうと思ったが、反論できない。

克彦が再びため息をついた。

「ともかく運ぶぞ。都築、宇田川、坂井、手伝ってくれ」

嫌そうな顔をしたのは坂井だった。

「僕も？」

都築は少し歪なニヤニヤ顔で「男でしょが」と言う。率先して部屋に入っていった。

道を開けるために女子組は部屋の入口から少し距離を取る。

そして人形のようにまったく姿勢を崩さない八重樫の死体が運ばれていく。

行先は玄関らしい。

紘美は疑問を口にする。

「……なんで玄関なの？」

亜利沙が説明してくれる。

「玄関に死体を置いておけば、誰かが通りがかったときに見つけてくれるかもしれないわ。紘美が望むように、助けが来てくれるかも」

千帆も独り言のように呟く。

「死体の活用。死んでそのままは馬鹿らしいでしょ」

ルナは俯きながら「……そうね」ともらした。

確かに、屋上でSOSを描いているよりも効果的な気がする。

けれど、どこか死体を冒瀆しているようで好きになれない。

そんなことを考えているうちに玄関へ着いた。

玄関は小さな図書館やホテルなどのロビーを思い出させた。

大きなガラス扉。両サイドには観葉植物。

そこから見えるのは敷地と道路を区切っている赤レンガの塀と、鉄の門。

脇にある小さな建物は門衛所だろうか。

ガラス戸の先に誰かが横たわっている。

多分、あれが立花みずきだったモノだ……

死体を運んでいる四人が立ち止まり、いったん、ガラス戸を内に開く。

八重樫を振り子のように揺らし「せーの！」の合図で放り投げた。

紘美は思わずゾッとした。

「なにしてんの⁉」

紘美が死体――八重樫と立花に近づこうとしたが、それを止めてくれたのはルナだった。

「紘美。危ない。外に出たら、たぶん、死ぬ」

慌てて身を引き、ごくりと生唾を飲んだ。

亜利沙が内に開いたガラス戸をコンコンと叩いた。

「だから開いてる。いつでも逃げ出せるように」

亜利沙の肩に手を置いて悪戯に都築が微笑む。

「やってみるかい？」

「絶対に嫌よ」

外に死体を出しておきたいが、自分たちが外へ出れば死ぬ。

だから、放り投げるしかない。

頭ではわかる。

けれど、心が受け付けない。

立花みずきだったモノが、今も死んだときと同じポーズのままでいる。

目をむき出しにして、虚空を見つめながら、酷い悪臭を放っている。開きかけた口は、なにかを言おうとしていたのだろうか……それとも、呼吸を求めていたのだろうか……

想像すればするほど自分の死が脳裡にちらつく。

下手をしたら、あそこに転がっているのは自分だったかもしれない。

涙がこみ上げてきた。

紘美はせめてと思い、目をつむって手を合わせる。

心の中で「どうぞ安らかに」と何度も何度も唱えた。

目を開けるとみんなが続いてくれていた。

その内、克彦が目を開け、腕を組んだ。

「死にたくなけりゃ、勝たないとな……」

ゲームのことばかり。

違う。まだ他にも方法があるはずだ。

「……それか、黒幕を見つける」

紘美はあきらめたわけではなかった。

千帆は「またそれ?」と呆れ気味だ。

けれど、八重樫がいなくなったことで、少しだけ話が繋がる。

紘美は都築を見つめる。

「昨日、投票の直前に、みずきが変なこと言ってた」

宇田川も気づいたらしい。

「あれですね。都築くんたちに襲われた、自分も被害者だ、とか」

紘美は都築を見る。

「あれなに？　君と死……」

怖い。

死んだ、というのが。

事実は事実だが『死ぬ』という単語自体が、自分の命を奪っていくような気がする。

それに、思い出したのだ。

昨日、八重樫に指をさしたのは……

「……いなくなった八重樫。そのふたりだよね？　みずきが言ってたの」

都築は左上に視線をそらした。

「さあ？　あんなの口から出まかせでしょ。吊(つ)られそうな雰囲気だったんで、無理やり矛(ほこ)先(さき)を変えようとした。いい迷惑だよ」

「ほんとに？」

「この中だと僕と八重樫、悪者キャラじゃない？　どっちかっていうと。とっさに罪をなすりつけるとしたら、僕らでしょ」

亜利沙がクスクスと笑う。

「確かにそうね」

都築が急に真剣な顔つきになって紘美を見た。

「ていうか野々山。昨日は八重樫に入れたよね。君だけが入れてた。なんで？」

反撃だ。

少し困る。なぜなら……

「それは……べつに、理由なんかない」

それが事実だから。

「やっぱり悪者っぽいから？　入れやすかった？」

「だから、理由はないって！」

あえて理由をつけるとすれば、八重樫ならなんとなく許してくれる気がしたからだろう。

そして、彼がいなくなってしまった……

「まあいいや。とにかく、その彼が襲撃されたってことは……」

都築はしっかり覚えていた。

正直、八重樫を指さしたことを後悔している。

「野々山が人狼？」

「え……違う、人狼じゃない！」

坂井が変なことを言い出した。

なぜそうなるのか、理解できない。

むしろ、八重樫がいなくなって胸を痛めているというのに。

亜利沙がまたクスクスと笑う。

「そこは否定するのね。ゲームはやりたくないのに」

「だって、違うものは違うし！」

間違ったことが嫌いなだけ。それには違いない。

克彦がニヤニヤと笑った。

人が本当に死んでいるというのに。

「なんか、人狼っぽくなってきたな」

ただ、このままでは立場が悪くなる一方だ。

追い詰められている。

その矢先、話の腰を折ったのは都築だった。
「まぁ、その話はさ、あとでいいかな？　僕まだ朝ご飯食べてなくってさー」
助け船のつもり？
いや、場をもてあそんで楽しんでいるのだ。
人が、本当に死んでいるというのに！
イライラしながらも、紘美はその提案に乗る。
亜利沙も異議はないようで、大きなあくびをした。
「そうね、もう少し寝たいし。お昼くらいが助かるわ」
「じゃ、そういうことで、いまは一時解散ってことで」
都築は軽い足取りで食堂へ向かった。
みんなもついていく。
なんなのだ。
なにもかもがおかしい。
けれど、結果的に助けられた。
いや、逆にこれから追い詰められるのかもしれない。
気分を変えるためにも、外界に助けを求めるためにも、紘美はひとりで屋上へ行った。

誰もいない屋上は気持ちいい。
監視カメラがあるとはいえ、青空が見えるおかげか、開放的な気持ちになれる。
ガラクタを集めて作ったＳＯＳ。その真ん中なのが悲しいけれど。
雲が流れていく。
いつか見た空と変わりない。
きっと世間は日常を送っているのだろう。
どうして、こんなことに……
なんだか考えるのもバカらしくなってきた。
ひとりだと気が緩むのか、疲れがどっとあふれ出したようにも思える。
立ったり、座ったり、見上げたり、寝転んだり……
考えなければいけないのに、考えたくない。
つい時間だけを無駄に消費していく。
そのうち、またＳＯＳの真ん中に立ち、空を見上げていた。
「無駄ですって」
宇田川の声。

振り返る。思わず睨んでしまった。
なぜか自分だけの部屋に土足で踏みこまれたような気になった。
気のせいなのはわかっている。
そして、ここがどこかなのも思い出した。
じっとしていられなくなり、屋上の外周沿いを歩く。
宇田川の後ろにいた克彦が、その様子を不思議に思ったらしい。
「今度はなににしようって？」
紘美は不機嫌を声に込める。
「わたしたちを誘拐した奴ら、近くにいるかもしれないから」
自分で言いながら、ひらめいた。
いくら首輪が絞まるとはいえ、死ぬまでには多少時間があった。
走って遠くまで逃げて死んだ場合、付近の住人に簡単に見つかるだろう。
それを防ぐためにも、奴らはこの近くに潜んでいる可能性がある。
なぜ今まで気づかなかったのだろう？
一方で克彦も不機嫌そうな声を出す。
「見つけてどうするよ？　出してくれ、やめてくれ、って頼むのか？」

少しずつ攻撃的になっている気がした。

自分が人狼だと疑われているせいか？

それとも、不機嫌をぶつけたせいか。

ともかく、弱気にはならない。

「当然でしょ？」

やめてくれる可能性は低い。けれど、言ってみるのはタダだ。

最初からあきらめたら、できることもできなくなる。

「まぁ、でもさ」

都築までやってきた。

「そろそろゲームのほう、進めていいかな。約束でしょ？　こっちもちゃんとやるって」

相変わらずヘラヘラ笑っている。

見ると彼の後ろにはルナも亜利沙も千帆も、坂井も、克彦もいる。

生きているメンバー全員だ。

紘美が戻ってこないので、探しに来たのだろうか？

ゲームに参加するのは不本意だが、約束は約束だ。

「……わかった」

自然とみんな、その場で輪になった。

口火を切ったのは亜利沙だ。

「みんなわかってると思うけど。昨日の夜、予言者と霊媒師は能力を使ったはずだわ」

誰かを指定し、その正体を知れる予言者。

死んだ者の正体はなんだったのかわかる霊媒師。

「用心棒は能力を使い損ねた、というか、失敗したみたいだけど」

都築が補足する。

用心棒に守られれば人狼からの襲撃を避けられ、誰も死なない。

亜利沙は全員の反応を見ているようだった。

「そろそろカミングアウトしないのかしら？」

ここで予言者が出てくれれば、用心棒が予言者を守るコンビネーションが成立する。

人狼が用心棒を見つけて殺すまで、予言者はみんなの正体を見分け続けられる。強力な一手だ。

霊媒師……は出るタイミングではない。

ここで初日に処刑された立花が『人狼』であっても『村人』であっても、とくに関係ないからだ。人狼だったなら、村人側が有利になるので単純に嬉しいが。

しかし、それ以上のことはない。

もっと効果的なタイミングがある。

それは……

「なんか、そう言われて出るのも腹立たしいけど……」

ため息交じりに挙手したのは都築だった。

「予言者?」

亜利沙が確認すると都築は「そう」と答える。

都築が予言者?

人格と役職が一致するわけではないが、ゲームを快楽的に楽しんでいる都築が予言者なのは少し嫌だ。

「そう来ますか。さっそく人外発覚ですね」

宇田川が変なことを言い出す。都築は「へぇ」と笑って見せた。

「ここに宣言します。本物の予言者はボクです」

宇田川の予言者宣言。

「はい来た。人狼決定ーっ」

都築は嬉しそうに宇田川を指さした。

対抗カミングアウトだ。

誰かがカミングアウト瞬間に、別の誰かもカミングアウトする。

偽物が予言者だと言ったのを正す動きか、もしくは本物が出てきたのを撹乱(かくらん)するために人狼か狂人が役職を偽る。

都築、宇田川。

どちらかは確実に『人狼』。

少なくとも『狂人』に違いない。

宇田川と都築の対決は続く。

まずは宇田川。

「ボクがカードを引きました。人狼ではなく、本物の予言者です」

そして都築。

「ならなんで言わなかったの？」

「人狼に狙われるからですよ！　なんならカードの絵柄だって言えます。そちら、どんな絵柄でした？　言えますか？」

「狼のシルエット。描いたっていいよ」

本物の予言者でなければ知り得ないことを、正しさの証にしようとしている。

「それ、意味なくない？　どうせ見れないんだし」

千帆は冷静だ。見れないとはカードのことだろう。

確かに紘美からすれば『予言者カード』の絵柄などわかるはずがない。

本物を確認するということは、ルール違反で『死』だ。

「とにかく、宇田川は人狼か狂人。仲間が予言者を騙ると思ってたのに出てこないんで、しかたなく自分が出た、みたいな感じ？」

都築が言ったことは、都築自身にも言えることだ。

坂井は宇田川の態度に注目する。

「にしては、落ち着いてたような」

都築の意見は止まらない。

「そりゃ想定はしてたでしょ。こういう事態もさ」

亜利沙が口を挟む。

「でも本当に予言者だから、それで堂々としてたのかもしれないわ」

都築は眉を寄せた。

「言ったよね？　僕や八重樫は悪者に見られがちだって。でも、そういう奴のほうが、嘘つきだったりしない？」

指をさされた宇田川は怒りをあらわにした。

「言いがかりですよ！」

そんな様子に都築は楽しそうな笑顔を浮かべる。

紘美は脱力した。

自分もゲームのことを考えてしまったせいでもあるが。

「みんな……普通にやってるじゃん。なんか、楽しんでたりしない？」

都築は肩を竦める。

「まさか。負けたら死ぬから、仕方なくやってるよ」

まったくそんなふうに見えない。

「それに一億円の賞金も、ちょっと気になるし」

坂井がぼそりと言った。

彼はお金に困っているのだろうか？

「あの……予言者って、占いができるんですよね？」

ゲームに引き戻す一言はルナからだった。

残念ではあるが、ゲームを進めることを約束したからには、止めるわけにはいかない。

ただ、ルナの言葉で千帆も気づいたらしい。

「そうだ。そう……夜にひとりを選んで、人狼かそうじゃないかを確認できる。宇田川は誰を見たの？」

宇田川はルナを見た。

「浅見さんです」

「なんで？」

間髪入れずに紘美が聞いた。

「それは……人狼だったら怖いな、と思ったからですよ。昨日、立花さんが吊られたのは、この人の発言がきっかけだった」

坂井が同意する。

「そういえば、そうだ」

さらに宇田川の説明。

「普段はおとなしい感じなのに、意外と冷静だし」

言われた通り、ルナは冷静だった。のんびりしていると言うのか、度胸があると言うのか。昔から知っているが、ルナの不思議な一面だ。

「それで、私の結果は？」

宇田川は左下に視線をそらした。

「村人です」

パッとルナの表情が明るくなった。

紘美もほっとする。やはり友達が自分と同じ村人だとわかると安心だ。

ただ、宇田川、都築、どちらかは人狼に違いない。

手放しには喜べなかった。

そこに、亜利沙が補足を入れる。

「正確には村人側です、よね。……これも違うかしら。狂人も村人って出るから、彼女は人狼ではありませんでした、が正解だわ」

大きく頷いたのは都築だ。

「なるほどねぇ。人狼の宇田川が、意外と冷静な浅見を囲ってるんだとしたら、怖いねぇ」

当然、宇田川は反発した。

「違いますよ！　ボクは本当に見た。リモコンで部屋番号を入力するんです。正体を知りたい相手の。そしたら画面に、そう、人狼ではありません、というのが出たんです！」

そんな方法で。

確かに正体を知る方法など考えたことがなかった。

そんな情報を知っているなら本物か？

だとすると都築が偽物になる。

しかし都築は「はいはい」と意に介さない様子だ。

なぜ冷静なのだろう？

いまの宇田川の話は、ひどく信憑性が高いのに。

他の人も妙に冷静なところがある。

都築に質問をした克彦もそうだ。

「で、都築は？」

都築は亜利沙を指さした。

「彼女は白。人狼じゃない。狂人の可能性はあるけど、まあ村人かな」

ルナが前のめりになる。

「どうしてですか？」

都築は笑いながら「なんとなく」と答えた。

「そうではなくて、亜利沙さんを選んだ理由なんですけど……」

「そりゃ選ぶでしょ。いちばん慣れてそうだし。どう見てもビビってないし。人狼っぽい」

千帆が腕を組んだ。

「でも、いまは村人と思ってるんだ」

都築は笑った。

「狂人よりは可能性が高いからね」

亜利沙も笑った。

「割れたね。宇田川・ルナラインと、都築・あたしライン」

こうなると、なにを信じていいのかわからない。

小さな仕草、言葉のニュアンス、性格からくる行動……

ただ、どちらが本物かわかる方法がある。

紘美は大きくため息をつく。

「いちおう参加するけど。霊媒師、ってのもいるんだよね」

霊媒師だけが『いなくなった』人物の正体を知れる。

その能力を頼れば、答えがわかるはずだ。

あまり参加する気はないが、安心はしたい。

「あ、それはオレ」

カミングアウトしたのは克彦だ。

千帆がニヤリと笑った。

「いいじゃん。これで今夜、あんたを吊らなくて済む」

克彦は苦笑いだ。

「霊媒師じゃなくても吊るなよ。……ちなみに結果は、残念ながら、白。昨日吊られた立花は人狼じゃない」

そこに宇田川が一言を添えた。

「立花さんを告発した浅見さんは怪しいけど、人狼ではありません」

ルナは俯きながら、か細い声で呟く。

「……つまり人狼は、まだひとりも減ってない」

ゲームの進行……いや、人狼を倒したいという意思の感じられる言葉に紘美の血がつい騒いでしまう。

「ルナ、なに言って……」

都築が口を挟んだ。

「あきらめなよ。ゲームは、もう始まってんのさ」

紘美としても、ルナをあまり責めたくない。

ぐっと拳を握りしめ、言葉を飲みこんだ。

「ねぇ、僕さ、立ちっぱなし疲れてきたんだけど、下に行って続きしない？　直射日光もお肌に悪いしさ」

都築の提案にみんなが顔を見合わせた。

ゲームをするなら、腹をくくるしかない。

けれど誘拐犯を叩きのめすことは、あきらめない。

もっと情報を引き出さなければ。

黒幕がこの中にいるのだとしたら、必ず誘拐犯のことも知っているはずだ。

広間に向かう最中、紘美はどんな情報があれば、脱出が試みれるか、誘拐犯、黒幕に一矢報いれるか考えた。

だが、結局はメッセージを残した黒幕を見つけ出さなければ話にならない気がする。

そこを突き止めるためには『誰が誰に恨まれているか』だ。

つまり、人間関係を洗い出さなければ。

自分が恨まれているのなら、宇田川か坂井？

そのふたりが怪しいなら、亜利沙はどういう恨みを買っているのか？

千帆との関係は？

難しい。

なにも繋がりが見えてこない。

別の人を中心に考えてみよう……

次々に関係性を探ろうとするが、どこも行き詰まった。

繋がりがない。

少なくとも知らない。

本当に人数合わせで選ばれたのか？

ただのクラスメイトという理由で？

いや、なにかが、なにかがあるはずなのだ。

考え事をしている間に広間へたどりつく。

白い部屋に黒い椅子。不思議と焦げた臭いが満ちている。裏切りを臭いにしたなら、こうだろう。

円形なのも、どこか脅迫じみていた。

殺す相手の顔を見ろ。

殺しを楽しむ奴を見ろ。

最悪だ。

座れば自分も黒くなり、焦げた臭いをまとうから。

紘美は大きなため息をつくと、雑談を始めたみんなに話しかける。

「思ったんだけどさ。誘拐されたときのこと、思い出してみない？」

いぶかしんだのは亜利沙だ。

「なんで?」

「犯人がわかるかもしれないし。ひょっとしたら、誰がこれを書いたか、わかるかも」

紘美はポケットから『死んでつぐなえ』と書かれた紙を取り出して見せた。

千帆は鼻で笑う。

「わかるわけないじゃん」

話題に乗ってくれたのはルナだった。

「でも、手がかりにはなるかもしれません」

千帆は反発する。

「なんの手がかり?」

ルナは周囲を見回しながら答えた。

「考えたくないですけど、ひとりずつ減ってるのは確かだし、自分がそうなる前に、情報は集めておきたいと思って……」

嬉しい援護だ。

これだけでルナは自分の味方で、黒幕ではないと思える。

それに、みんなを説得できるチャンスになるかもしれない。

紘美は声を大きくする。

「そうだ、そうだよ。犯人の手がかり！　誰かが生き残ったとき、警察に伝えられるように。それって大事でしょ？　こんなことした奴、ほっとけないじゃん！」

坂井は冷静だ。

「それって矛盾しないかな？　賞金の一億は受け取って、なのに犯人のことは通報するの？」

「するよ！　っていうか、まだ賞金とか言ってるわけ⁉」

実際に支払われるとは思えない。

都築も反対らしい。眉間に皺を寄せている。

「そりゃ言うでしょ。一億よ？　それに、もしほんとに一億、渡されて……いや、渡されなくたっていいや。無事に解放されて、それで、犯人が手がかりなんか残すと思うわけ？捕まる可能性があるなら、こんなこと、やるわけないじゃん」

その考え方は気に入らない。紘美は反発する。

「捕まらないから悪いことするって……それって犯罪者の考え方でしょ？　でもみんなミスはするから、そう、自分でも考えなかったようなミスをするから、いっぱい逮捕されてるんじゃん」

都築は鼻で笑った。

「ドラマの観過ぎだと思うけどなぁ。実際には未解決の事件、いくらでもあるわけだし」

「それでもミスを探すのは無駄にならないじゃん。時間ならまだある！」

時計を見て大きなため息をついたのは宇田川だった。

「まぁね。確かに、ここ、時間だけはありますよね」

小さく頷いたのは亜利沙だ。

「投票の間隔が二十四時間って、長過ぎよね」

坂井はつまらなさそうな顔をしながら紘美の顔を見た。

「じゃあ提案した野々山から、教えてよ。誘拐されたときのこと」

「わたしは……」

ここに来る以前の、最後の記憶をたぐる。

昨日は思い出せなかったが、いまなら大丈夫だった。

「……塾の帰り。ほんとに、いかにもって感じだった。確か、白いワゴンが横に停まって、なにかなって思ってたら、サングラスした男の人がふたり出てきて……」

口を塞がれ、抱えられて車に乗せられた……

いざ思い出すと、改めて恐ろしいと思う。

そのまま殺されていてもおかしくなかった。

なぜ忘れていたのか?

いや、あまりにショックだったため、考えようとしなかったのだろう。

そんな紘美の気持ちをよそに、千帆の感想はのんびりしたものだった。

「塾なんか行ってんだ」

「……うん。親に言われて、最近」

逆に毒気が抜かれ、少し落ち着く。

そのまま話題が途切れそうになったが、ルナが続いてくれた。

「私は、ピアノの教室からの帰りだったと思います……」

克彦が首を傾げる。

「あれ、おまえ、親が教えてるって言ってなかった?」

「そうなんですけど、もっと偉い先生。最近はそっちにも通ってるの」

宇田川は感心していた。

「本格的ですね」

紘美は横道にそれず、本題を聞く。

「同じ感じ?　犯人の車とか」

「うん、たぶん手口も。白いワゴンだったと思う」

都築はそこに一言を投げこむ。

「でも、ナンバーなんかは見てない？」

紘美とルナは顔を見合わせた。

突如やってきた車のナンバー。

見れるはずがない。

ふたり揃って頷いた。

小さく何度も頷き、都築も続いた。

「ちなみに僕は自宅ね」

軽い口調だ。

千帆が眉を寄せる。

「自宅？　なんで自宅で拉致されんの？　家族は？」

「うちは片親で、しかも夜勤だから。いつも先に寝てんの。で、朝起きたら、ここでみんなと一緒にいた」

紘美は疑問に思ったことを口にする。

「服は？　だったらパジャマじゃないの？」

自分は塾の帰りだったため、制服だ。

「朝シャン派なんだよね。だから寝るときは、わりと普段着。ちょうど疲れてたのもあるけどさ」

千帆が嫌そうな顔をした。

「意外にばっちぃ……」

「朝、シャワー浴びてるんだから、会うときは綺麗にしてるってば」

もっともだと思うが、寝具が汚れそうだなと思った。

紘美は他にも気になったことを聞く。

「兄弟は？　いないの？」

「幸いね。これ、まだ夢の中なんじゃないかって思うよ。なんか、ぜんぜん現実感がない」

宇田川が苦笑いしながら「それ、わかります」と同意した。

都築の話が一区切りしたと思い、紘美は他の人に話を振る。

「千帆は？」

彼女は浮かない顔をして、克彦の顔を見た。

妙な様子だ。

「なに？」

促すとふたりは「言う？」「いいんじゃない？」などと小声で話し合った。

少しして千帆はため息をつき、紘美の目をまっすぐみた。

「……あたしは、っていうかあたしたちは、誘拐されてない」

一瞬、なにを言っているのかわからなかった。

誘拐、されてない？

つまり、自主的に来た？

まさか？

それどころか……

「……はい？　えっと、たちって、ふたり？」

克彦は苦笑いを浮かべる。

「いや。正確には、五人」

「五っ⁉」

予想もしなかった人数に思わず驚いた。

「いいよね？」

千帆が視線を向けた先には亜利沙、坂井、宇田川がいる。

亜利沙も坂井も頷いた。

宇田川だけ肩を竦める。

千帆は笑い混じりに説明を続けた。

「あたしんとこにメールが来たの。普通の案内メールみたいなやつ？　命がけの人狼ゲームに参加しませんか、って」

思考が停止しそうだ。

重いペダルを漕ぐように、頭を働かせる。

「い、命がけって、これじゃん！」

千帆は苦笑いしながら喋る。

「なんかそういう都市伝説みたいなのは前からあって。それで、冷やかしっていうか、面白半分で、克彦を誘ったの」

亜利沙は手を簡単に挙げ、発言する。

「あたしは同じメールを受け取って、宇田川くんと坂井くんを誘った」

ふと疑問に思ったことを口にする。

「待って。亜利沙と宇田川と坂井、どういう関係？」

思わぬチャンス。関係性を聞き出せる。

亜利沙は悪びれもせず話してくれた。

「前に、一緒に遊んだの」

「遊んだってのは、人狼を？」

坂井が「そう」と短く肯定する。

「意外な組み合わせだよねぇ」と感想を漏らしたのは都築だ。

千帆は話を続ける。

「だからあたしと克彦、そっちの亜利沙たちは別々。待ち合わせ場所で一緒になって、初めて来てるって知ったの」

立場が違うことを感じ取ったのか、都築の空気が変わった気がした。

「待ち合わせってどこだったのさ？」

このまま犯人捜しに協力的になってくれれば嬉しいが。

千帆が都築の質問に答える。

「べつに普通。駅からちょっと離れた建物の横、みたいな感じ。時間は金曜の夜中、っていうか土曜の早朝。だよね？」

克彦が頷いた。

ルナも気になり始めたようだ。

「相手は、どんな人が来たんですか？　どうやってここに？」

克彦が答える。

「べつに、普通だよな？　スーツ姿のおっさんがふたり。ただ、車は、まあ……」

言葉に詰まる様子に、紘美は「なに？」と迫る。

「……白いワゴン車」

出てきた答えに血が騒いだ。

「犯人じゃん！　誘拐犯！」

克彦は苦虫でも噛み潰したかのような顔をした。

「だから、オレらは、そういうのだとは思ってなくて。普通に来たの」

冷静なのはルナだ。

「道は？　覚えてるの……？」

それに対しては坂井が答える。

「普通に来た、ってのは違うかもね。走りだしてしばらくしたら、いつの間にか寝てた。で、今の状態。みんなと同じ」

宇田川も顎に手を当て推論を語る。

「あれはきっと薬ですね。睡眠薬とか、ガスとか」

笑いながら都築は「たんに眠くなっただけじゃない？」と茶々を入れた。

しかし、わからないことがある。

紘美はいったん落ち着いて五人に質問した。

「でも、なんでそんなこと……命がけって書いてあったのに、なのに来たわけ？」

坂井がぼそりと答える。

「好奇心と、あとは、賞金も……」

千帆は大きくため息をついた。少しイラついているような様子だ。

「他の人が誘拐されてるとか、わかるわけないし」

さすがに洒落にならないと考え始めたのだろうか？

ルナが少し怒っているのか、声がいつもより大きくなった。

「どうして言わなかったの？　最初に、その、メールのこと」

千帆は少したじろいでいる。

「言おうとしたんだよ。いや、最初はそっちが誘拐とか言ってたから、たんに混乱してた。で、なんとなく事情がわかって、そのあとは……」

俯いた千帆に変わって克彦が続けた。

「ちょっと黙ってようか、みたいなことになったんだよ。こっちの五人で」

混乱したなら余計、話しておくべきだったのではないか？

紘美はつい、睨みながら「なんで？」と聞いた。

克彦は『死んでつぐなえ』の紙を指さす。

「その紙。そういうのがあったんで、疑われても嫌だな、って思って」

疑われる？

このメッセージを残した犯人として？

紘美の疑問は宇田川の一言で解決した。

「どんな些細なことでも、吊られる理由にはなりますから。それは避けたいでしょう？」

自分の意思で参加したなら、処刑されることも覚悟しているのだろうと詰め寄られる可能性もある。

実際、自主参加だと最初から言われていたなら、自主参加の中から処刑する相手を選んでいただろう。

ただ、それは今も変わらないはずだ。黙っていた方が心象的にはよかった。

「でも、言う気になったんだ？」

紘美の疑問に克彦はばつが悪そうな顔をした。

「どうやってここへ来たか、の話になったらな。嘘までつくわけにはいかねえし。それこそ、その嘘がバレたら、不必要に疑われる」

黙っていることのメリットとデメリットを考えた末の答えだったようだ。

「ねぇ」

ルナが克彦に質問を続ける。

「ワゴンに乗ってたのは、五人だけなんですか？」

「運転手を除いたら、そう。オレら五人」

「その五人だけが、待ち合わせ場所に来たってことですか……」

ルナはなにかを確信したようだった。

亜利沙は苦い顔をした。

「なに言いたいか、わかるよ」

紘美はさっぱりだ。

「ごめん、わかんない」

亜利沙が低い声で推論を語る。

「ランダムにメールが送られたわけじゃない、ってこと。わざわざあたしたちを狙って、ターゲットを絞って、メールを送ってきたのよ」

千帆はまだよくわかってないらしく、首を傾げた。

「あたしと東は付き合ってるし、どっちも人狼は好きだし。そっちの三人も、人狼はやってたんでしょ？」

人狼を遊んでいた人間に招待状を送ったのでは？

そう言いたいのだろう。

しかし、逆を言えば……

「ボクたちのこと、よく知ってる相手ってことです」

宇田川の言葉に全員がギョッとした空気を醸しだした。

紘美の背筋に悪寒が走る。

その原因は手元の紙きれ。

「……やっぱ黒幕がいるんだ」

こんな状態でも、都築だけはヘラヘラしていた。

「この中にいるか、それとも、どこかから見てるか……」

視線は自然と監視カメラに向かった。

○§○

義務教育を卒業した人間が、こうやって黒板の前に立つのは、どのくらいの割合だろうか？

なんだか気恥ずかしい気もするが、生徒の顔を見ると微笑ましくもあった。

若いというのは希望であり、未来である。

すでに絶望を味わった子もいるだろうが、きっと傷は癒える。そう名倉は信じている。

大人たちの対応が正しければだが……

照屋はどう思いながら喋っているのだろう？

名倉と照屋は二時限目の時間を少し拝借し、事件についての協力を要請しに来ていた。

「みんなも知ってるように、先週の土曜から、一部は金曜の夜から、君たちのクラスメイト複数名と連絡が取れなくなっています」

生徒は少しだけざわついた。

誰がいないだとか、連絡をしてみたかなど、思い思いに話している。

「彼らは昨日も、今日も欠席してる。ご家族や先生方も心配してるし、もちろん君たちも気が気じゃないだろう。昨日は個別に話を聞いたけど、今日も、もう少しだけ手を貸して欲しい」

照屋は少し言葉に詰まった。話すべきかどうか迷ったのだろう。

それでもこちらが情報を出さねば、引き出せないこともある。

名倉が小さく頷くと、照屋は続けた。

「……連絡が取れなくなってるクラスメイトの何人かは『人狼ゲーム』という遊びが好きだったらしい。このゲームとか、このゲームを遊ぶためのイベントとか、そういったものに心当たりある人、いないだろうか」

さらに生徒のざわつきは大きくなった。

人狼ゲームという、知っている単語が出てきたせいに違いない。

知ってる？　遊んだことある。あいつが遊んでた。オンラインで……

いろいろと聞こえてきた。だが、どれもノイズだ。

事件に関係している会話には思えない。

そのうち、ひとりの生徒が手を挙げる。

「あの、すみません。それと大勢がいなくなってる件と、なんか関係あるんですか」

鋭い質問だ。照屋が答える。

「まだわからない。たぶん関係ないと思うけど、いちおうね。関係あったときのために、調べなくちゃいけない」

次の生徒が手を挙げた。

「なんか、メールが来た、みたいなことは、言ってましたよ」

「誰にかな？」

「松葉んところに。人狼のイベントがあるから、今度、行くって」

「そのメール、誰か、現物は見てない？」

照屋の質問に生徒たちは顔を見合わせた。

「自分も受け取った、という人？」

誰も手を挙げない。

照屋は名倉を見た。「どうしましょうか」とでも言いたげだ。

このまま悪戯に時間を消費することもないだろう。

名倉はとりあえず話を終わらせる。授業の時間を減らすのも申し訳ない。

「では、もしなにか心当たりがある人は担任の先生、もしくは私たちを呼び止めるなり、警察に電話するなりして教えてください。ここでは話せないこともあるでしょうから」

生徒たちの反応はさまざまだった。スマホをつつく者、興味なさげに外を眺める者、友達と話をする者。

すぐに担任が手を叩き、注目を集める。

「では、この時間は自習とする。各自、あまり騒がずにな」

そういうことは少し早めに言って欲しい……
話を切り上げた手前、やっぱりもう一度……とは言いにくい。
――まぁ、どちらにしろ、ここでは出てこないだろうし。
気持ちを切り替える。
次はパソコンで人狼ゲームのサイトでも探ってみるべきか。
「では、ありがとうございました」
丁寧にお礼をし、教室を出る。先生も続く。
「すみません、なにも情報がなくて……」
「いえ、こちらこそですよ。ともかく全力を尽くしますので、ご安心ください」
何度も何度もお辞儀をする担任を見て、かわいそうになってきた。
生徒の前では気丈に振る舞っていたが、相当に心労を重ねているようだ。
ともかく動きが欲しい。
情報が欲しい。
ここでやるべきことは終わった。
芽吹くまで待つべきでもあるが、じっとはしていられない。
他の家庭を回るか、生徒たちが行きそうな場所、もしくは遊びでもいいから人狼ゲームを行っているグループを探すべきか。

名倉は次の行先を考えながら歩きだす。

「反応は芳しくなかったっすね」

照屋が残念そうに言う。

名倉は少しだけ頷いた。

「今回は布石のようなものです。なにか失踪事件について反応があるとしたら匿名ですよ」

照屋は首をひねる。

「どうしてっすか?」

「最初に言い逃したことを全員の前で喋るのは怖いんですよ。『なぜ黙ってたんだ』と責められるかもしれないから。それにクラスメイトのことです。密告みたいになるでしょう? 話しづらいものなんですよ」

「なるほど」

「一度チャンスを逃した。でも、二度目が来た。このとき、行動する人は意外に多いんです。多少引っ込み思案でもね」

「どうしてです?」

「自分が動かなきゃといった英雄思考。運命といった使命感。言わないと被害者に恨まれ

るかもしれない、警察の人に迷惑がかかるかもしれないといった不安感や脅迫観念だとか
……動機は千差万別です」

一度目に動かないのは『集団的無責任状態』になるからだ。いわゆる「自分が動かなくてもなんとかなる」心理状況。

そこは照屋もわかっているらしく、聞いてこなかった。

「なんか出てくるといいんすけどね……」

「そうですね……っと」

玄関に差しかかったところでスマホが鳴った。

『もしもし、こちら生活安全部です』

伊東の声。県警本部からだ。

照屋に待ってて欲しいと手のひらを向け、電話に出る。

「どうかされましたか？」

『今の案件に関連していると思われるんですが、土曜の夜二十二時ごろ、不審車の通報があったようです。場所はS県H市H町一五〇〇ノ八ノ九周辺。若い女性の悲鳴が聞こえて、直後に、白いワゴン車が急発進したとのことです』

「……本当ですか？」

『証言はしっかりしたもので、信憑性は高いかと。確か、お調べになっている生徒さんの家の近くだったかと思いまして。ひょっとしたら、これ……』

生徒が連れ去られた瞬間かもしれない。

「……はい、可能性はあると思います」

『もしかすると、他の通報も見逃している可能性があるので、もう一度、記録を遡っておきます』

「そうですね。……お願いします」

『では、以上です。失礼いたします』

「はい。こちらも、いったん戻ります」

通話を終えると照屋が「なんです?」とさっそく聞いてくる。

「不審車の通報があったようです。時間は土曜の夜二十二時ごろに若い女性の悲鳴が聞こえて、その直後に白いワゴン車が急発進したと」

「場所は?」

「野々山紘美の、自宅近く」

「やばいっすね。メールで何人か誘って、乗ってこなかった相手は強引に拉致」

「まだなんとも言えませんが。可能性はありますね……」

「目的はなんだと思います？　まさか、ほんとにゲームをするため、じゃないですよね」

「知らないっすよ。ただ、生徒のことをよく知ってる連中っすね」

「ですね。行動パターンを把握したり、メールアドレスを調べたり。人狼が好きかどうかも……」

「くそっ」

「となると生徒か、教師か。どっちかは関係してるってことっすか？」

ともかく、事態の様相が変わる。

今まで『一般家出人』の域でしかなかったものが『特異家出人』になるだろう。

そうなれば地域安全対策課だけの案件ではなくなる。

捜査方針も変わるに違いない。

いまは署に戻り、現状の確認をして指示を待つべきか。

少し足早に来客用玄関へ向かい、スリッパから革靴に履き替える……

が、靴の中に紙きれが入っていた。

「これは……？」

「なんすか？」

なにか書いてある。名倉は読み上げた。

「……『三年二組の馬渡聖弥は犯罪者です。逮捕してください』……馬渡聖弥。昨日、会いましたね」

「今日もいたんじゃないすか」

照屋の方を見る。すると、廊下の方に人影があるのを確認した。

名倉の様子に照屋も気づいたのか、振り返る。

人影はさっと身を隠した。

照屋が静かに近寄っていく。

人影は幼い顔を覗かせ、照屋を見た。

近づいてくるとは思わなかったのか、体を震わせ、いきなり走りだす。

「おい！」

逃げられれば追いかける。

警察官の習性のようなものだ。

照屋は全力で走る。名倉も後を追った。

しかし、名倉はあっと言う間にふたりを見失う。

「なんですか！　どいてっ！　なにもしてないですっ！」

渡り廊下の方から叫び声が聞こえた。

どうやら照屋がうまく捕まえたらしい。

「なら、なんで逃げた？」

「逃げてないですよっ！　痛いっ！」

声のする方へ行くと、照屋が男子生徒の手を取り、立たせるところだった。

小柄で丸い体型の男子。運動慣れしていないのだろう。おかげで早めに捕まえられたようだ。

「これ、君ですか？」

名倉は手のメモを見せながら聞く。

「し、知りません……」

照屋は生徒の顔を覗きこむ。

「逮捕してくれ、とか、穏やかじゃねえな。話、聞かせてくれよ」

「知らない！」

照屋は周囲を見渡し、人差し指を口元に当てる。

「しーっ。騒ぐと目立つから。だろ？　オフレコにしてやる」

先ほどの話を覚えているのだろう。

言い逃したことを言うのには勇気がいる。クラスメイトのことを喋れば密告者になる。

だから匿名にしたい。

実際、男子生徒はオフレコという言葉に心が動いたらしく、急におとなしくなった。

「ほら、向こう。車ん中な」

生徒は周囲を見渡し、誰も見ていないことを確認すると小さく頷いた。

このまま照屋に話を任せようと思う。

ふたりは後部座席に、名倉は運転席に乗りこむ。

「さて、改めて聞こうか。名前は？」

バックミラーで確認する。

生徒は俯いたままで、喋ろうとしない。

自分の名前を知られたくないのだ。

ただ、名倉も照屋も昨日のうちに会っている。

覚えていないのは逆に信頼を崩す行為だった。

身体的特徴……小柄で丸い体型——島のような。肌に光沢がある——日の出のイメージで記憶したはず。島……諸島……光が広がっていく……そこから連想する名前で憶えているのは……

「小笠原（おがさわら）光宏（みつひろ）くん。昨日、話したよね」

男子生徒は驚いたような顔を上げ、小さく頷いた。

当たりだったようだ。

名倉はついでにメッセージの紙を照屋へ手渡す。

照屋はそれを小笠原に見せながら話を始めた。

「このメッセージ……なんだこりゃ？」

「そのまんまです。あいつは犯罪者なんです。こんなことしてないで、早く逮捕してください！」

小笠原は最初こそ小さな声だったが、だんだんと大声に変わった。

正義感が爆発して興奮したのだろう。

名倉は一応、確認を取る。

「ちょっと待ってください。その犯罪は今回の件、十一人と連絡が取れなくなってる件と、なにか関係がありますか？」

「知りませんよ！　でも彼女は来てないし。都築と八重樫も」

支離滅裂だ。照屋はため息をついた。

「こっちも時間がないんで、簡潔に頼むわ。なに？」

低い声に威圧されたのだろう。

小笠原は勢いを失くし、しなびれたヒマワリのように首をもたげた。

「……襲ったんです……馬渡は、彼女を呼び出して、乱暴したんです」

「は？　彼女……？」

「……八重樫と都築、僕と馬渡は、前にカラオケに行ったんです。いつもだいたいこの四人で遊んでました。馬渡がリーダー格で……」

全員を呼び捨てにするということは、彼の立場は他と同等。それを許される状況ということ。

仲が良かったのだろう。

「その日は、女の子……なんか急に立花が来るって話になったんです。馬渡が呼んだんだと思うんですけど……」

「立花……いま、学校に来てない立花みずきか？」

照屋が確認を取ると、小笠原は頷く。

「で、なんか大事な話があるとか言って、僕らは部屋を追い出されたんです。デリケートな話だとかなんとか……」

彼の体が徐々に強張り始めていた。鏡越しでもわかるほどに。

「僕ら、外で見張り頼むわって言われて……そしたら、中でアイツ、ガンガンに音でかくして……照明、落として……」

　泣き声になりかけている。

「まずいって、僕は止めようとしたんです。けど、八重樫が邪魔して……都築は見て見ぬふりで……本当なんです！　僕は、止めようとしたんです！」

　ついには泣き始めた。

　友達が酷い行為を行ったことがショックだったのか、それとも小笠原は立花みずきのことが好きだったのか。もしくは自分が犯罪行為の間近にいたことで、極度の罪悪感と恐怖を感じたのか……

　彼を慰めるために照屋は軽く背中をさすっていた。

　事情聴取のときに相手に触れるのはご法度だが、この場合は少し違う。そもそも相手は被疑者ではない。よい選択だと名倉は思った。

「わかった。あとは俺たちに任せとけ。落ち着いたら顔洗ってから戻りな？」

　小笠原は何度も頷く。そのうち、深呼吸をして落ち着く。

「じゃあ……お願いします。捕まえて、ください」

「おう！　情報ありがとうな」

「……あの、もし、証言が必要なら、がんばります、から……」

彼の中で馬渡とは完全に切れているのだろう。

照屋は大きく頷き、小笠原に付き合って車の外に出た。

天然での行動だろうが、不安になっている相手に対して誠実さを見せることは信頼を築く上で効果的だ。

唐突に名倉は頭を振る。なんでも信頼を築くための行為だ……などと考えていると行動が打算的になってしまう。

信頼を崩す行為はよくないが、あまりに冷静で効率的な自分は好きになれそうにない。

それでも、犯人を捕まえるためには、そんな自分でなければならない。

ままならないなと苦笑する。

「名倉さんは、どう思います?」

車に戻ってきた照屋は、助手席でさっきの情報について吟味を始めた。

「……難しいですね。乱暴された女子生徒、立花みずき自体が犯人だ、すべてを画策した、とは思いませんが」

いなくなった名前は並んでいた。

八重樫、都築、立花。

しかし、馬渡は失踪者の中には含まれていない。

「……どちらにしろ、本当に拉致が行われたんだとしたら、生徒たちの細かい情報なしには成り立ちません。それを提供できたのは、やはり生徒か教師」

照屋も腕を組んで唸る。

「いま聞いたような事情で、誰かが特定の相手、自分が恨みに思ってるような相手の情報を犯罪者集団に提供した、なんてことも、あり得るっすね」

「……そうですね」

それにしては、なにか的が外れている。事の芯を感じられない。

照屋が提案する。

「……やっぱ学校に戻りますか。馬渡って野郎、まだいるでしょう」

話を聞くなら早い方がいい。ただ、小笠原に迷惑が掛からないよう、配慮しなければならないが。

「……照屋さんは直接、教室へ行ってください。私は学校側から許可を取って、部屋も借りておきます」

「じゃ、それで」

やっとつかんだ動きのひとつ。

無駄にしたくない。

とにかくいまは、ほんの少しでも情報が欲しい。

∀‡A

時計の音は、こんなにも残酷だっただろうか？

退屈したときにだけ、耳に入ってきた音だったのに。

ルナが天井近くにある時計を見て、深呼吸した。

「……そろそろ、時間ですね……」

……二〇時まで一〇分もない。

この時間が来るまでは長いと思っていたが、いざその時になると、早かったという気分になる。

克彦もため息をつく。

「投票先、真剣に絞らねぇとな」

紘美たちは食事や休憩を挟みつつ、誰が黒幕なのか、どうすればゲームを止められるのか考え続けた。

結果はなにもない。

いたずらに時間を消費しただけだ。

都築は伸びをする。

「言ったでしょ？　犯人の特定とか、無理だって」

悔しい。

「……それでも、メールのことはわかった。メールの差出人とかの情報から、なにかわかるかもしれない」

「僕なら、追跡できないアドレスを使うけどね」

確かに使い捨てアドレスは簡単に取れる。言い返せない。

千帆は疲れている様子を見せながら、話の流れを変えた。

「いったん切り替えようよ。克彦が言ったみたいに、投票先を決めなきゃ」

宇田川はあっさりと流れに乗る。

「僕は予言者ですよ？　当たり前ですけど、予言者には入れるべきじゃない。僕が占って、人狼じゃないとわかった浅見さんにも」

反論は都築だ。

「同じく自称予言者の僕と、その僕が白出しした彼女は、投票対象から外れる」

亜利沙も頷く。

続いたのは克彦だ。

「で、オレは霊媒師。対抗がいないから、ほぼ確定と見てくれていい」

坂井は表情を歪めた。

「くそっ」

投票から外れる人が多いということは、それ以外に票が集まるということだ。紘美も他人事ではない。

都築がからかうよう「うらやましい?」と聞く。

坂井は恨むような顔で「うるさいな」と返していた。

千帆はあきらめているような感さえあった。

「なら投票先の候補は、あたしと紘美、坂井の三人だけ」

名前を呼ばれ、少しギクリとする。

候補に挙がっただけで、胃液が沸騰しかかった気がした。

克彦が真剣な顔をする。

「オレなら、千帆は候補から外すな」

坂井の恨み節は止まらない。

「そりゃそうでしょ⁉」

ふたりは付き合っている。恋人を庇わないわけがない。

それを汲み取ったのか、克彦は理屈を並べた。

「いや、付き合ってるから、とかじゃなくて。こいつはそこそこゲームに慣れてる。この先も村人の役に立つ」

その発言を鼻で笑うのは亜利沙だ。

「役職が村人側だったら、の話だけど」

克彦も鼻で笑った。

「よく一緒に遊んでるから、プレイの癖もわかる。もし人狼や狂人だったら、気づけると思う」

おとなしい感じながらも、食いついたのはルナ。

「いまのところは、そういう感じじゃないってことですか？」

「たぶん違うね。霊媒師のオレが言うんだから、信じてくれていい」

坂井の怒りは収まらない。

「霊媒師かどうか、まだわからないじゃないですか！」

克彦は冷静だ。

「だから、ほぼ確定だって」

自分が人狼なら霊媒師よりも予言者の方を騙るだろう。現に予言者はふたり出ている。対抗カミングアウトがなかった時点で、克彦の霊媒師は本物だと思えた。

予言者は下手に処刑できない。

間違って本物を処刑した日には、目も当てられない。

となると……

「待って。ならわたし？　次、吊られる？」

今回を回避しても、次の日が来る。

現時点での処刑候補が坂井、紘美、千帆の三人。そのうち千帆を庇う克彦がいて、実質の候補はふたり。

今日は坂井が選ばれたとしても……

紘美は自分に迫った死の気配を感じた。冷汗だろうか？　額に汗がにじむのを感じた。

立花みずきと八重樫仁の死体を思い出す。

玄関で醜く変色し、目をむき出しにして異臭を漂わせるあのふたりに、自分が加えられる？

――嫌だ。

亜利沙は興味なさそうに「半々ぐらいじゃない？」と言った。

「そんなの……」

どちらにしたって理不尽だ。

だが、その理不尽で処刑された立花みずきがいる。

自分だけは……などと甘い考えが通じるはずがない。

坂井はそこを突いてきた。

「なら野々山でいいじゃん。ゲームはやりたくないって言ってんだから！　さっさと抜ければいい！」

「そうだけど、でも……」

都築はニヤニヤとした顔を向けてくる。

「なに、怖くなった？」

都築は好きになれない。けれど、正しいことを言う。

「そりゃ、怖いに決まってるじゃん！」

亜利沙は心底残念だと言わんばかりの顔をした。

「また。まただわ。ちょっとずるいわよね。ゲームは否定したのに、吊られるのは嫌がるって」

自分のことを無様だと思う。

けれど、正直に心情を語ることが正しいはずだ。

「だって、そんなの、死ぬんでしょ⁉　……ごめん、悪かったよ。でも、やだ！」

都築が真顔になる。

「真剣にやる？」

茶化しではない。

覚悟を決めるしかない。

犯人の手の上で踊るのは嫌だが、生き延びたい……

「やる……」

泣いてしまいそうだ。

悔しい。

……悔しい！

ルナがそんな紘美の顔を覗きこんだ。

「正体は？」

「え？」

ルナの様子に少し驚いてしまった。

なにか、いつものルナと違う気がしたのだ。

問いは終わらない。

「配られたカード」

「村人……」

亜利沙は鼻で笑う。

「ほんとかな？」

「本当！」

坂井はこの空気がまずいと感じたのか、大声を出し始めた。

「そんなの、僕も村人だよ。本当に本当！　絶対、僕を処刑するのは間違い！」

克彦は投票されないためか、余裕がある。冷静だ。

「ふたりとも、本物っぽいな」

亜利沙も同じように冷静だ。

「嘘っぽい演技なんか、誰もしないんじゃないの？」

発言の意味を考える前に、宇田川が声を上げた。

「時間になりますよ！」

全員がいっせいに時計を見た。

――十九時五十九分五〇秒。

「三、二、一！」

急かすようなカウントダウンに、慌てて手を挙げ、指をさす。

紘美に二票――亜利沙、坂井から。
都築に二票――克彦、宇田川から。
宇田川に一票――千帆から。
坂井に、三票――紘美、ルナ、都築から。

「あっぶねー」

ヘラヘラと笑う都築。

千帆が確認を取る。

「坂井が、三票？」

坂井は泣いていた。

「なんで……なんで僕だよ。おかしいじゃん。野々山じゃん！　野々山の方がぜったい処刑されるべきだろ⁉」

時計の針が文字板の八を指す。

――――キュイイイィィ……

嫌な音がする。

首輪に住んでいた寄生虫が這いだして、人の命を抉り殺す音。

「や、やだ、やだ、やだ、死に、死にたく、ない、死にたくないいいぃぃ！　ああぁぁぁぁ!!」

坂井の断末魔が紘美を呪う。

そのくせに、どこか安心している自分がいた。

それが余計に紘美の罪悪感を強くする。

「ごめん……ご、め……」

謝ってすむ問題ではない。それでも、謝らずにはいられない。

坂井は飛び出しそうなほど目をひん剝いて、紘美を凝視した。

「一億円っ！　僕の！　僕のおぉぉ！」

その一言に、紘美はギョッとした。

――まさか、お金のために人を殺そうとしていた？

急に沸いた怒りが、罪悪感を薄めていく。

「おごっ！　かひっ！　あが、げぇっ！」

汚らしい音を立て、坂井が命を散らしていく。

顔を真っ赤にし、目をむき出しにして、転がり、痙攣（けいれん）し、痙攣し、痙攣し、痙攣し、跳ね上がって、動きを止める。

口から赤い泡を吐き、まるでカニのようだと思わせて。

首がボコボコに膨れ上がった坂井は失禁し、絶命した。

一瞬だけ自業自得だとも思ったが、どうしても罪悪感が強くなっていく。

頭が痛い。

頭蓋骨の裏側に蜂がいて、何度も何度も刺してくるような痛みだ。

坂井が呪いを残していったようで、気持ちが悪い。

けれど、痛みがあるということは、生きている。

白い部屋に黒い椅子。

赤く色づいているのは、死んだはずの坂井だけ。

紘美はぽつりと呟く。

「……死んじゃった……」

いくら金のために人を殺そうとしていたからと言って、彼はまだやっていない。

それに、悪いのは欲につけこんで、こんな舞台を用意した犯人たちだ。

そして……そのルールの上で、殺したのは自分なのだ。

蜂が暴れる。

痛くて、痛くて、涙が溢（あふ）れる。

思わず紘美はルナにしがみついた。

「死んじゃったぁ……」

ルナは少しだけ困ったような表情をした。

「……無責任なことは言えないけど、でも、紘美は悪くない。なにも悪くない……」

「でも、坂井……う、うぅ……」

どんどん罪悪感が沸き上がる。

「そうだとしても、紘美のせいじゃないから」

「わたし入れた！　あいつに、票を！」

亜利沙は大きなため息をつく。

「それを言うなら、三人、票を入れたから。少なくともその三人は同罪よ」

　都築はひょうひょうとした態度で口を挟む。

「違うでしょ。こんなことを始めた奴ら、続けてる奴ら。あとは、君たちを連れてきた黒幕。そいつらだけが悪い。自分から来ちゃった人らはともかく、君たちは純粋な被害者。じゃない？」

　急に都築が優しくなったのは気持ち悪かった。

　それでも、他人が『悪くない』と言ってくれるのは心強い。

　しかし、甘えてすべての責任を放棄するのは正しくない。

「……わかんない。もう、誰が被害者で、そうでないのか……でも、黒幕は、見つける」

　都築はいつでも笑顔だ。

「そうそう、そういう感じじゃないとね」

　克彦は大きなため息をつく。

「……ただ、やっぱ、最悪だな」

　都築も同意する。

「さすがにね……」

　千帆も頭が痛いのか、額を抑えながら立ち上がった。

「……今日は、もう解散でいい？　時間も時間だし」

宇田川がため息をつく。

「死体の片付けは男の役目、ですもんね。いいんじゃないですか、女子は休んでたら」

嫌味たっぷりな言い方だが、紘美は死体を持ち運べる気がしない。

筋力的にも、精神的にも。

ただ、許してくれなかったのは都築だ。

「死体は運ぶけど、ここの片付けしてくれない？　さすがに臭いとこで議論したくないし、踏みたくないしね」

失禁の跡のことだろう。

立花も八重樫も坂井も失禁した。

必ずそうなるに違いない。

嫌な死に方だ。

どうせ死ぬのなら、綺麗に死にたい。

なぜ、汚物まみれになって死ななければならないのか。

また泣きそうになってしまった。

千帆は嫌な顔をしながらも「わかった。やっとく」と言い、食堂の方へ向かう。モップやバケツを取りに行ったのだろう。

ひとり、ひとりと自分の役目をこなす。
人が死んだばかりだと言うのに、淡々と。
いや、逆に人が死んだばかりだからこそ、感情が死んでいるのかもしれない。
何かをしなければ、自分の死を考えて苦しくなるのかもしれない。
無言で片付けは続き、終わった頃には九時を過ぎていた。
紘美はルナと連れ添って部屋へ戻る。
やはり人が死んだ後と言うのは話題がない。
なにを喋っても不謹慎な気がするし、次に殺されるのは自分かもしれないのだから。
「ごめん、ルナ。ありがとう……おやすみ」
「うん。紘美も、おやすみ」
簡単に挨拶を交わし、紘美は部屋に入る。
体を投げ出したい気持ちと、走り出したい気持ちが入り混じった。
いったん、ベッドに腰をかけて大きく深呼吸する。
けれど、怒りと悔しさが噴出し、紘美の体を勝手に動かす。
あたりをうろうろし、ときおり立ち止まり、また歩き出す。
まるで頭の中の蜂に操作されているようだった。

そしてベッドへ拳を刺す。

……無力だった。

正しいと思うことができない。

いや、正しさを殺すように、このゲームは仕組まれている。

正しくいられないゲームなのだ。

正しくいれば、殺される。

生きたければ、悪に染まるよう、できている。

なら、自分が死ねばいいのか？

確かに、苦しみからは解放される。

けれど、なぜ死ぬ必要が？

見知らぬ他人の享楽のためだけに、なぜこの十七年という歳月を捧げ、未来を潰す必要があるのだ？

わからない。

理不尽すぎて頭が爆発しそうだ。

気がつくと殴り続けたベッドに頭をうずめていた。

トントンと、ドアをノックする音が聞こえる。

誰かが来た？

時計を見る。九時二〇分。

「……はい」

「僕だけど」

くぐもっていても、都築の声だとわかる。

なにか用だろうか？

さっきは妙に優しくなっていたが……

紘美は戸惑いながらもドアを開く。

「ちょっといい？」

いつものヘラヘラした顔ではない。

「……ちょっとなら……」

「じゃあ、お邪魔します」

またヘラヘラ顔に戻った。

それでも、いいと言ったからには入れるしかない。

都築はさっとベッドに座った。ちょうど殴り続けたところ。

「ちょっとだけ、耳に入れておいてあげようかと思って」

「なんで上から目線なわけ？」

「まぁ、僕が知ってて、君が知らない情報だからかな？」

なんの話だろう？

とりあえず、話を聞くしかない。

紘美は少し距離を取ってベッドに座った。

「これを仕組んだ黒幕、少なくともこのメンバーを集めたのは、立花だと思う」

「……へ？」

突然の告白に頭が追いつかない。

「え？　なんで？　どういうこと？」

「立花がカラオケでヤられたって話、知らないでしょ？」

「ヤられたって……？」

「男女が密室で……まぁ、ぶっちゃけレイプ的な意味ね」

息が止まった。

まさか、そんなことがあった？　本当に？

にわかには信じられない。

その上、同じように密室なので、警戒して身を引いた。

「大丈夫、僕は強引に食べちゃったりしないよ。参加者に危害を加えたらルール違反だしね」

監視カメラで覗かれていることを思い出す。

さっきまで暴れていたのも見られていた。

悔しい気持ちがまた沸き上がる。

しかし、いまはどうでもいい。

もっと大切な話題がある。

「……って、え？　まって。立花……みずきが誰にって？」

「馬渡さ。僕はそれを直に目撃してるしね」

「は？　え……え？　見てたの？」

止めようとしなかったのか？

「悪いとは思ってるよ。加担はしてないけどね。あと、小笠原と八重樫がいた。小笠原は止めようとしてた。八重樫が邪魔したけどね」

「待って、なにそれ。信じらんない。そんなの、犯罪じゃん！」

「そうだよ。だから、立花は犯罪に犯罪で対抗した。こういう、もっと大がかりな犯罪で」

監視カメラを指さす都築。

「みずきが黒幕……でも、そんなの、話が合わない！」

「そう？　どうして？」

「だって、吊られたんだよ？」

「そりゃ、そういうこともあるでしょ。黒幕としてゲームの参加者を選んだ。そいつらの情報を誰か、こういうのを運営できる連中に提供した。でも復讐を果たす前に、自分自身が死ぬ羽目になった」

「そんな」

「だから、黒幕を探しても無駄。黒幕はもう死んでる。だから、ゲームは絶対に終わらない。勝者が決まるまでは」

「納得できない。仮に、いまの話が本当だとして、わたしやルナは関係ないじゃん。ほかも、関係ない子がほとんど」

考えた。黒幕が立花みずきだった場合、都築だった場合、坂井だった場合……考えられるだけ考えて、どうにも話が通じないから困っていたのに。

「だからそれは、単なる数合わせでしょ。人数がいないとゲームにならない」

「クラスメイトじゃなくたっていいはずでしょ？」

「疑心暗鬼にさせて怖がらせる、というのが目的でしょ？　それを見て、賭けをしてる連中も楽しむ」

「でも、でも……馬渡！　みずきがいちばん許せないはずの馬渡は、なんでいないの？」

「──ゲームがこれだけとは限らない」

「え？」

心臓が止まったかと思った。

「僕も噂を聞いてたぐらいだから。運営側もえらく慣れてる様子だし。このゲーム、きっとこれまでも、何度も実行されてる。それに、これが最後でもない」

「そんな」

「いまこの瞬間も、別のどこかで、誰かがやらされてるのかもしれない。その中のひとりが、馬渡かも」

「……さすがに、無理があるよ。もっと、ニュースとか」

ただ、噂になっていた。亜利沙や坂井、宇田川、千帆も克彦も知っていた。

「そりゃね。同じクラスの連中をこんなにも一度に、というのは初めてだと思うけどね。それぐらい自信あるんじゃない？」

すっと都築は立ち上がる。

無邪気にも似た、柔らかい笑顔。

「そういうわけだから。ゲームに集中する件、頼むね。死んじゃうから」

ドアを開けて都築は出ていく。

とんでもない事実を残して。

まさか、立花みずきが馬渡に襲われた？

その復讐でゲームを仕掛けた？

人数のつじつまあわせで、自分たちが選ばれ、挙句の果てに仕掛けた本人が最初に殺された？

まさか、まさか……

頭の中の蜂がぐるぐると周る。

何回も何回も、ぐるぐるぐるぐるぐる……

ベッドに横になっても蜂は止まらない。

体はだるいのに、妙に目は冴えている。

——私は被害者なの！　そいつらに襲われたのっ！

初日の言葉は、コレのことだったのだ。

立花みずきはルナに嫌がらせをしていた。

時系列的には？

ルナへ嫌がらせをした後、馬渡に暴行された？

それとも暴行された後、ルナに嫌がらせをした？

後者なら、なぜ急に嫌がらせが終わった？

むしろルナに嫌がらせをしていたが、暴行されたので嫌がらせをやめたと考えたらつじつまが合う？

いや、まさか……

だとしたら、まるでルナが馬渡を使ったみたいではないか。

馬渡がモテないから、軽そうな立花みずきを襲ったのだ。

その可能性の方が高い。

嫌がらせも別の理由でやめた可能性だって。

だいたい馬渡とルナの関係は？

不良の馬渡とお嬢様なルナにどんな繋がりがあると言うのだ。

わからない。

わからない。

けれど、嫌な気持ちだ。

蜂たちは、なにか餌を見つけたのか、さらに騒がしく飛び回る。

時計を見ると九時五〇分になるところだった。

いつのまに三〇分も経ったのだろう。

……このまま一〇時を迎える？

紘美は勢いよく体を起こし、部屋を出た。

わからないなら、確かめるしかない。

ルナの部屋へ行き、ドアを叩く。

「ルナ。ルナ！」

すぐにドアが開いた。

「紘美？　もう、時間」

「わかってる。五分だけ。ちょっとだけ話」

ルナは小さく頷くと紘美を部屋に入れた。

ベッドに座るルナに対して、紘美は立ったまま語る。

すべて先ほど聞かされたことだ。

「知ってた？」

「……知らない。そんなの、信じられない」

「わたしも信じらんない。でもわざわざ都築が、自分から言った……」

「そうなんだ」

「ねぇルナ。昨日の夜、みずきに嫌がらせされてた、って言ったよね」

「うん」

「関係ないよね？　その嫌がらせの件と、いまの話と。みずきが馬渡に……酷いことされたっての」

ルナのことを疑いたくない。

だからこそ、ちゃんと聞いておきたかった。

どうせいなくなるなら、友達くらい信じておきたいのだ。

いつも、あまり感情を表にしないルナが微笑んだ。

「関係ないよ。少なくとも私は、なにも知らない」

「約束できる？」

しつこいと自分でも思う。

だが、確認を取りたいと思うほど、紘美は追いこまれている。

この正しさを殺すゲームに。

ルナは嫌な顔をせず、ゆっくり頷いた。

「約束する。馬渡くんとみずきの件なんて、私はなにも知らない」

「そっか。そうだよね……ごめんね？」

「ううん。あ、紘美。ルール、一〇時まで……」

「やばいっ」

慌てて部屋から出ようとするが、ひとつだけ言い忘れたことを思い出す。

振り返り、ルナの瞳をじっと見た。

「……死なないでね」

ルナは少しだけ驚いている様子だった。

だが、すぐに表情は和らぐ。

「紘美も」

屈託のない笑顔。

嫌いになりそうだった。

ルナの笑顔に違和感を覚える自分が。

第三章

捜査が終わったと思っていたところに刑事が帰ってきたとあっては、担任の先生も落ち着かないだろう。

○§○

なにかあった……ということの裏返しなのだから。
それでも、対応はしっかりしたものだ。
すぐに視聴覚室を用意してくれた。
教卓席に名倉と照屋が座る。
その向かいに座ったのは馬渡という少年だ。
オレンジ色に近い髪色。耳に複数のピアスホール。
いまどきの不良を絵に描いたような子だった。
椅子の背もたれに体重を預け、まるで名倉と照屋を見下すような視線を向けている。

「なんです？　昨日も話したんで。もうなにもないですよ」

そんな態度が気に入らないのか、それとも女の子を襲ったというのが許せないのか、照屋の声がいつもより低かった。

「ほんとか？」

「はい？」

「いまから約一ヵ月前、おまえは駅前のカラオケ屋にクラスメイトの立花みずきを呼び出した。そこで、性的暴行を働いた。その場には同じくクラスメイトの都築涼、八重樫仁、小笠原光宏の姿もあった。違うか？」

瞳孔がすぼむ。

目も泳いだ。

ストレスがかかった証拠。

この子は、クロだ。

「な、なんですかそれ」

「目撃者もいるし、そいつは、正式に証言してもいいと言ってる」

馬渡は急に笑顔になった。ストレスを軽減させるための自己防衛反応。

「でっちあげでしょう」

「ほう」

それでも、分が悪いと感じ始めたのか、どんどん真剣な面持ちに変わる。

「……弁護士呼んでくださいよ。それまでなんも喋(しゃべ)らないんで。ていうか、これって逮捕じゃないですよね。俺はいつでも好きに帰れる。違います？」

これに笑ったのは照屋だ。

「ドラマの見過ぎだよ」

「でもそうでしょ？　帰りますわ」

イライラした様子で立ち上がった。

名倉はわざわざ高い声を作る。

「座ってください」

「……はい？」

脅しでないと感じてくれたのか馬渡は動きを止めた。

「その件自体を調べてるわけじゃないんですよ。極端な話、君が過去になにをしていようと、君の罪を問う気はありません。我々が知りたいのは、消えた十一人の生徒たちがどこへ行ったか、それだけです」

実際、女の子を無理やり襲ったのだとすれば、許せない行為だ。

その子には悪いと思う。しかし、いま重要なのは行方不明者の情報だ。

「……ならそれを調べてくださいよ」

自分は関係ないと言いたげな口調に照屋が怒る。

勢いよく立ち上がり、馬渡の胸倉を摑んだ。

「だからいまやってんだろうが⁉」

馬渡は喉を鳴らした。

照屋の行為は非常にまずいが、体格の良い不良系の子は力に屈することが多い。力は憧れの対象だからだ。

逆に照屋をいさめると『まずいことをした』と馬渡に悟られてしまう。

名倉はそのまま話を進める。

「我々はいま話したような過去のトラブル、人間関係のもつれ、といったものが、今回の件に関係しているんじゃないか、と考えています。君も親しい友人と連絡が取れてない。心配ですよね？　助けてもらえませんか？」

馬渡は照屋の手を払いのけると、俯いたまま席につく。

彼の心の中もそうとう複雑なようだ。

「それで……なにが聞きたいんだよ？」

「まず先ほどの件は、間違いありませんか？」

「……間違いですよ。性的暴行なんかしてませんし。なんていうか、じゃれただけ、みたいなもんです」

視線は合わせてくれない。

「それは、相手に好意があったから？」

馬渡は鼻で笑う。

「俺がですか？　あいつに？　ないない」

「なら、じゃれたとは？　どうして？」

急に静かな時間が訪れた。

しばらく待つが返事はない。

「馬渡くん？」

一向に顔を上げる様子はなかった。

その様子にやはり照屋が怒る。

「おい。いまさら……」

また立ち上がろうとした瞬間、馬渡はわざとらしい大きなため息をついた。

「命令されたんで……」

「命令ですか?」

「……命令っていうか、脅しかな」

「誰かに、立花さんを襲うように言われた、ということですか?」

「まあ、そうですね」

「それは、誰ですか?」

馬渡はしばらく考えていた。迷っていたのだろう。

「……あいつと俺、幼なじみなんですよ。と言ってもそんな甘ったるい関係じゃなくて、べつに一緒に遊んだりとかもなくて。たんにあいつの親父の会社で、うちの母親が働いてるってだけで」

あいつ……というのが立花かと思って聞いていたが、立花の家は会社を経営していなかったはずだ。

照屋もそれに気づいたらしい。

「あいつって、どいつだよ?」

名倉は生徒たちのプロフィールを思い出そうとする。

そういえば、失踪者のひとりが社長令嬢だったはずだ。

確か……

答えが喉まで出かかったところで、馬渡も覚悟が決まったらしい。渋々といった様子で口を開いた。

「……浅見ルナ」

「そうでした。浅見さんのお父さんは会社を経営されていましたね」

「で、結局なにがあったんだよ？」

照屋は続きを急かす。

「……急にあいつに呼び出されたことがあって、喫茶店に。迷惑なんだよな。あいつと付き合ってるって思われると、なんか気持ち悪ぃし。だから、パフェだけおごらせて、さっさと用件済ませろって思ってたんだわ……」

意外に甘い物好きらしい。その点は仲良くできそうだ。

「そしたら立花が悪いことしてるから、お仕置きして欲しいって。なるべく強く。それで、立花にわからせて欲しいって……」

「なんだ？　それでレイプか？」

照屋は本当にその点が許せないらしい。

「だから、レイプなんかしてませんって。その手前ですよ」

「手前ってなんだこら！」

また暴力を振るいそうになっている。強姦被害にあった身近な人が、照屋にはいるのかもしれない。

「照屋さん！」

慌てて止めたが、口は止まらない。

「ヤりたかっただけだろうが！　浅見ルナに頼まれた？　そんなもん、ただの言い訳だろうが！」

「違うっつってんだろうが！」

ぶつかり合うのは悪手だ。

「とにかく、話を聞きましょう、照屋さん」

鋭い視線が向けられるが、とくに抵抗はなかった。

もう一度、椅子に座らせる。

「すみません。では、馬渡くん。ちゃんと聞かせてもらえますか？　私たちには些細な情報も貴重なんです」

ちょうど飴と鞭のような形になった。ありがたいが、照屋の行動にはヒヤヒヤする。

「……俺、最初は断ったんだ。馬鹿か、お前が自分でやれって……そしたら、俺がやれって。断るなら、俺に酷いことされったたって、父親に言うぞって……」

そうなると、社長である浅見の父は、その会社に勤めている馬渡の母をクビにするかもしれない。

完全な脅迫だ。

「ほんとに糞なんすよ、あいつ、昔から……」

確かに周囲から聞いた清楚なイメージとは程遠い。

どちらかと言えばいい人を装って『悪意』を振りまく凶悪犯のようだ。

あまりのことに名倉は言葉を失う。

照屋も同じなのか、口が半開きだった。

∀‡A

ドンドンと、妙な音で目が覚めた。

目を開けると狭い部屋。

鳴っているのは鉄のドア。

人狼ゲームはまだ続いている……

生きている。

けれど、この音はなんだろうか？

ひょっとすると、人狼が殺しにきた……？

いまから自分は死ぬのか？

体が急に目覚める。

ばっと起き上がりドアを押さえつけた。

「紘美！　紘美！」

しかし、外から聞こえるのはルナの声。

おかしい。

ルナが人狼……？

それは違うと思い時計を見た。

——九時。

寝付いたのは一〇時を越えていたはずだ。大体、一〇時ギリギリまでルナと話していたのだから。

鍵を外し、ドアを開く。

「紘美！　無事なんだね……」

「……ルナ?」

ルナの笑顔は薄かったが、いつもと比べれば驚くほど嬉しそうだった。

不思議に思っていると後ろで克彦もガッツポーズをしている。

「うおぉ、やったぞぉ!」

千帆も嬉々とした様子だ。

「グッジョブ! グッジョブ!」

「……なに?」

紘美だけが事態を把握できない。

そこにいまにも飛び跳ねんばかりの宇田川が説明をする。

「見てください! 全員、全員いるんです! 用心棒による護衛が成功したんですよ!」

周りを見ると相変わらず余裕ぶっている都築、眠そうな亜利沙の姿も確認できた。

「……すごい……すごいっ! やった、やったじゃん!」

生きている。

全員が生きている!

なぜかそれだけで犯人たちに勝ったような気分になった。

やったぜ、ざまぁ見ろ!

監視カメラに向かって中指でも立てたかったが、さすがに下品なことはやめようとアカンベーにとどめておいた。

この興奮はなかなか冷めない。

全員で食堂へ行き、朝食を摂り始めても紘美は興奮したままだった。

「これってすごいよ……やっぱすごい。誰も死んでない！」

克彦も満足気な顔をしている。食べているアンパンも極上においしそうだ。

「まあ、村人側としては、ぐっと有利になったわな！」

紘美は悪知恵をひとつ思いついた。

「これ、続けられない？」

眉をひそめたのは宇田川だ。

「続ける？」

「用心棒は護衛先をあらかじめ宣言しておいて、人狼は必ずそこを襲撃先に選ぶ。そうしたら誰も死なない！」

同じく眉をひそめたのは千帆だった。

「投票では死ぬじゃん」

「二回連続で最多票が同数なら死なない、じゃなかった？」

ルナがハッとした。

「確かに……」

「ほら、それなら！　護衛先も決めて、投票先も最多票が同数になるように調整しておけば、ずっと誰も死なない！」

困ったような顔をしたのは都築だ。

「それでどうすんの？　永遠にここで暮らす？」

変に自信のある表情で紘美は「いつかは警察も見つけてくれるよ」とガッツポーズしてみせる。

しかし、それに乗ってくれる人はいなかった。

「そうかな？」

「……無理、かもしれない」

都築もルナも急に声のトーンが落ちた。

「いやいや、無理じゃないって。日本の警察は優秀！　時間さえ稼げば……！」

ルナは横に首を振る。

「そっちじゃなくてね。私が人狼なら、用心棒を真っ先に襲うと思うの……」

克彦も表情を歪めた。

「勝てる確率、ぐっと上がるもんな……」

宇田川も「なんせ一億ですからね」と、苦々しく言った。

しかし、千帆は紘美の案をちゃんと考えてくれているようだ。

「用心棒が匿名で指定したら？　たとえば、誰も見てないタイミングで、護衛対象のドアに印をつけるとか。人狼にはそこを襲ってもらう」

鼻で笑ったのは克彦。

「襲うか？」

亜利沙は口元に手を当て低い声で呟く。

「あたしなら、護衛されてないってのがわかってる相手を襲うわね……」

紘美の興奮はどこかへ消えていた。

まさに水をかけられたような気分。

急ブレーキ。

沈静化。

凋落。

「……そこまでして勝ちたい？　みんなで生き残ることより？」

都築はニコニコしながら身を乗り出した。

「僕が人狼なら乗ってもいいよ？　その提案。でも、残念ながらそうじゃないし。でもって、人狼が信用できる……変な言い方だけど、ゲームより人命を優先してくれるとは限らないし」

ルナは俯いた。

「……となると、用心棒としては、護衛先を明かせない」

宇田川は腕を組んで天井を見上げる。

「……ですよねぇ」

全員が否定的になると、水どころか氷水をかけられたような気持ちになった。冷たく、寒く、悲しい。

「そんな……せっかく全員で帰れるのに」

人の気も知らないで都築は呑気に笑顔を浮かべる。

「帰れるかもしれない、なんだよね。あくまで」

亜利沙は俯き加減で、鋭く視線を上げてくる。

「……信じたいけど信じられない。こういう提案をしてる紘美自身が、用心棒を特定したい人狼かもしれない」

そういう発想はなかった。

思わずヒヤリとする。

慌てて「違うし！」と否定した。

それを見て愉快そうにしたのは都築だった。

「どうだかね」

束の間の歓喜さえ、すぐに殺されてしまう。

不信だけが支配する空間。

紘美は改めて、ここが牢獄であることを思い知らされた。

○§○

官舎での生活が長いと、自宅より署の方が落ち着くようになる。

事件が起こったとき、すぐに出動できるから……というのもあるが、ひとりで過ごしても特段することがないからだ。

だいたい本を読んで過ごすのだが、それも署で許されている。

どんな知識も捜査の役に立つからだ。

当然、捜査があるときは集中する。

一刻も早く、事件を解決したいから。

だからこそ、名倉は朝が早い。

ただ、その日は珍しく照屋の方が早かった。

部屋に入ると、パソコンの画面をじっと見つめている彼の姿があった。

「おはようございます」

「うす」

「早いですね」

「ああ……課長、もっと早いみたいすよ」

大体がお飾りになりがちなポジションだが、ここの課長は熱心な人なのだろう。

それも当然かと思い直す。

警察に入ってきたのなら、なにかしら『正義』の心を持ち合わせているはずなのだから。

「……あれから考えたんですが」

名倉は席に着きながら話しかける。

照屋は視線だけくれた。

「時系列を整理すると、立花みずきが浅見ルナへの嫌がらせを始めた。その後、浅見ルナは馬渡聖弥に、立花みずきにお仕置きをして欲しい、と頼んだ。結果、立花みずきによる嫌がらせは短期間で終わった」

「立花と同じグループの女子生徒——誰でしたっけ」

「宮下舞」

「そう、宮下舞も言ってたっすもんね。嫌がらせは立花が始めて、なぜか急にやめたって」

「お仕置きは嫌がらせをやめさせるための警告だった、と考えて間違いなさそうですね」

「そもそもなんで始めたんでしょうね？　立花は、浅見への嫌がらせとか。結局……自業自得と言えば自業自得ですけど、自分が最悪な目に遭ってる」

「宮下舞は理由なんかない、あったとしてもくだらない理由だ、みたいなことを言ってましたけど……」

「しかし浅見ルナって女、そこそこ陰険っすね。自分が受けてる嫌がらせを止めさせるために、男子生徒を使うとか。しかも、親の立場を利用して脅すとか」

「子どもなんですよ。そういう部分も含めて」

まったく厄介な子どもではあるが。

今までの話をまとめていると、課長が部屋から出てくる。

真剣な顔つきだ。

「決まったよ。帳場が立つって」

帳場。

しっかりとした捜査本部ができる、警視庁が出てくるということ。

基本的に発生した場所によって事件を取り仕切る警察が決まる。

S県ならS県警。

東京ならば警視庁だ。つまり警視庁は東京の警察本部。基本的には東京都で起こった事件しか担当しない。

しかし、首都警察である警視庁は、他の県警に比べ一味違う。

業務の違いも多少あるが、やはりエリートが多い。

そんな彼らが例外的に全国の事件にも出張ってくることがある。

事件の発生が広域であるとき、または東京を発端としているとき。

もしくは、県警のみでは対処しきれない事件だと、警察庁に判断されたときだ。ちなみに同じ『庁』が付きながらも警察庁は警視庁の上部組織にあたる。

つまり今回の集団行方不明事件を、警察庁は単なる『一般家出人』だと考えなくなったのだ。

正直、遅い。

悔しさ半分、嬉しさ半分。

「不審車の情報と、例のメールの情報を受けて。さすがに失踪四日目だしね。生徒によっては五日目」

「適切な対応だと思います」

皮肉交じりの言葉だった。

課長は気づかない。その鈍さはありがたい。

「昼には本庁から何人か来るけど、それまではうちだけで動くから。まずは手分けして、行方不明者の家を回って」

「それに関して、いいですか」

「うん？」

「報告書にも書きましたが、今回の件には〝人狼ゲーム〟というゲームのイベントが関係しているかもしれません。少なくともひとりの生徒はその案内をメールで受けとっていたようです。各不明者の家からパソコン、もし見つかるようならスマホを回収して、中を解析させてください」

「うん。まあ、いいんじゃない？　令状の手配をしとこうか？　たぶん、白いワゴンで拉致された……っていう証言が疎明資料になるだろ」

疎明資料とは裁判官に令状を出させるための説得資料のことだ。

「いえ、未成年の持ち物ですので、保護者に許可さえもらえれば大丈夫です」

「そうか」

ともかく物品を抑えて鑑識の手が借りられるなら手に入る情報が段違いになり、話は大きく変わるはずだ。

——遅いですが、いい流れです。

ますますやる気が膨れ上がっていく。

空回りさせないよう、気をつけなければ。

深呼吸をする。

そのタイミングで内線電話がかかってきた。

名倉は課長に軽いお辞儀をし電話に出る。

『名倉警部補でしょうか?』

若い男の声だ。

「どうかしましたか?」

『はい、課長よりご指示のあった防犯カメラ映像のチェックで発見がありまして。課長へのお電話が通じないので名倉警部補へおかけしました』

「はい。なるほど。ではカメラセンターへ？」

『お願いします。では、失礼します』

「はい、ありがとうございます」

「なんすか？」

「街頭防犯カメラの記録で気になる点が見つかったようです。課長が内線に出なかったそうなので私の方に……」

「あー。悪いことした」

名倉、照屋、課長はさっそく生活安全部のカメラセンターへ向かう。

警察署には街頭防犯カメラの映像を集めている部署があった。

署によって呼び方は違うが、名倉のいる警察署では警視庁と同じで『生活安全カメラセンター』と呼ばれている。

二週間以内の映像なら二十四時間保存してあるため、なにかは映っているだろうと、以前から課長が手配してくれていた。

名倉は入出管理をする小さな部屋に入り、ＩＤカードをスキャナーに照らす。一応、個人情報を取り扱う部署になるので、警察官や刑事であっても閲覧時には、その記録が必要なのだ。

中はモニターがいくつも並べられ、壁のようになっている部屋だった。

ここを見ると、名倉はいつも昔のSF映画を思い出す。

一角にはコンピューターが設置してあり、そこから映像のチェックができる。

制服を着た年若い巡査が、きちっと立って礼をした。

すぐに着席して、問題の映像を見せてくれる。

名倉も照屋もディスプレイを覗(のぞ)きこんだ。

ドームカメラで撮影された、丸く歪んだ街。商店街のようだ。電信柱にレンガ調の通路。アーケードらしく、屋根が見える。他に目立つものはない。通行人が行き交っているくらいだ。

「これはどこですか?」

「駅前の繁華街です」

そこで巡査は映像を一時停止した。

「ほらこれ。いなくなった生徒の……」

映像を指さしながら、手元のファイルをめくる。

出てきたのは年端もいかない少年。

「この彼だと思うんです」

顔を見ただけで名倉はわかった。

「水谷和希……」

照屋は口を開けた。

「あー……誰でしたっけ？」

「一ヵ月前に、告白のメッセージを送った子です」

「あっ、確か浅見ルナに？　で、友達にそのメッセージがバラまかれたんでしたっけ？」

「そうです」

最初はその関連で行方不明者が出たかと考えた。しかし、その後に現れた他のイジメ問題へ頭が傾いていた。

ただ、彼もいなくなったうちのひとり。

「ただこれ、日付が昨日なんですよ」

巡査がポツリと言った。

「昨日？　間違いないんですか？」

「ええ。いなくなったの、四日前ですよね」

昨日の映像を今日見た。だから報告がいまになったのかと納得する。

それまでの映像ならば、もっと報告が早かったはずだ。

照屋は顎に手を当てて呟く。

「歩き回ってるだけってことか……？」

しかし、変な部分がある。名倉は映像を再生させ、水谷を指さした。

「ここ……動き、変じゃないですか？」

「ふらついてるっすね……？」

憔悴している様子。

考えられるのは……

「彼だけ逃げだしたとか」

「それか、こいつが元凶か」

照屋が言う可能性は低い気がした。

だが、ここで反論してもしょうがない。

「どちらにしても、手配をかけましょう」

彼に接触し、話を聞けばわかる。余計な推測よりも迅速な行動だ。

「自ら隊に伝えとくよ」

後ろで静観していた課長がさっそく部屋を出て行った。

課長のやる気にも火がつき始めた気がする。

是が非でも、この事件を無事に解決したい。
名倉の気持ちは、はやるばかりだった。

∀‡A

誰も犠牲にならなかった。
少しだけこのゲームに希望が見いだせた気がした。
残った全員で生きて帰れるかもしれない。
けれど許されていなかった。
建物の敷地から出ることも、人を信じることも、人を殺さないことも。
紘美は屋上に立ち竦んでいる。
SOSの真ん中で、青く澄みきった、秋の爽やかな空を眺めていた。
無性に涙が溢れそうだ。
高い空に、飛行機が飛んでいる。
綺麗な一本の白い線を引きながら。

「……反応ないですねぇ」

宇田川がぽつりと呟いた。

昼間は周囲に大声で助けを求めるのが恒例になっている。

今日も二時間以上は叫んだだろうか。

結果は芳しくない。

みんな徒労感でぐったりしている。

そんな中で、踏ん張り立ち上がったのは都築だった。

「ならそろそろ、恒例の宣言タイム、いっとく？」

「宣言タイム？」

聞いたことのない用語に、紘美は思わず聞き返した。

亜利沙が説明してくれる。

「占いの結果とか。霊媒の結果とかを宣言するってことよ」

克彦も重い腰を上げて立ち上がる。

「だな。……今回、オレからでいい？」

千帆は長い足をコンクリート床に投げ出して空を仰いでいる。

「いいけど、なんかもーわかった」

克彦もため息をつく。

「やっぱり？　……昨日の結果は白。投票で吊られた坂井は、人狼じゃない」

ルナもか細い声で呟く。

「人狼は、まだひとりも減ってないってことですよね……」

全員が沈黙する。

亜利沙もため息をついて「まずいね」と呟いた。

重たい空気の中、都築が手を挙げる。

「じゃあ次、予言者。同時に発表する？」

宇田川は気だるそうではあったが、反対しない。

「いいですね。せえの、で指をさしましょうか。それと同時に結果を言う」

「それでいこう。準備ＯＫ？　なら……」

誰を占ったのだろう？

早く人狼が見つかるといいな。

紘美の疲れ切った頭では、その程度のことしか考えられなかった。

「「せえの！」」

ぱっと力強く差し出される指。

都築は紘美を指した。

「村人側」

宇田川も紘美を指した。

「人狼！」

一番、ぽかんとしたのは他でもない紘美だろう。

千帆が面倒くさそうに言う。

「……結果、割れたね」

亜利沙は鼻で笑った。

「よくあることよ」

意味がわからない。

理解できない。

なにが起こっているのか？

どうしてこうなったのか？

なぜ、自分が『人狼』と言われなければならない？

やっとわかってきた。

——宇田川は敵だ。

人狼、もしくは狂人だ。

しかし、千帆が嫌なことを言った。

「ごめんだけど、今夜は紘美を吊る流れかな」

克彦も続く。

「それで、オレが霊媒の力で正体を見て、どっちが嘘つきの予言者かを確定する」

紘美自身は宇田川が人狼側だとはっきり言える。

しかし、誰が信じてくれる？

もし、仮に自分が人狼であっても「人狼ではない。宇田川こそ偽物の予言者だ」と言う。

本当に村人である自分が、いま言うこととまったく同じ言葉になるのだ。

信じてくれるのは村人だと言ってくれた都築くらいだろう。

彼はきっと本物の予言者なのだ。

それでも、他の人は都築と宇田川、どちらが本物なのか判別できない。

周りの人間が、真実を知るためには……間違いない。

紘美を処刑し、その結果を霊媒師が見極める。

それが正しい。

けれど、だとすれば、自分は……

「え……え？」

迫ってくる巨大な壁に囲まれたようだ。

逃げ道がない、袋小路。

高い空にきらめく太陽も、黒雲に消えた。

（下巻に続く）

人狼ゲーム
LOST EDEN
下巻

殺るか、殺られるか
高校生10人の生死を賭けたバトルが始まる！

人狼ゲーム

人狼ゲーム LOST EDEN ロスト・エデン 上
2017年12月27日　初版第一刷発行

著…………………………………………………… 安道やすみち
川上亮
イラスト………………………………………………… 犬倉すみ
協力……………………… アミューズメントメディア総合学院
ブックデザイン…………………………… 渡辺高志（GALOP）
本文DTP…………………………………………………… IDR

発行人………………………………………………… 後藤明信
発行…………………………………………………… 株式会社竹書房
〒102-0072　東京都千代田区飯田橋2－7－3
電話　03-3264-1576（代表）
03-3234-6208（編集）
http://www.takeshobo.co.jp
印刷・製本……………………………… 中央精版印刷株式会社

ISBN978-4-8019-1325-7　C0174
Printed in JAPAN